孔雀（クリューエル）の精霊の全身が淡く輝き、羽が光を帯びる。
光は蝶となり、上空へと羽ばたき消えていく。
儚くも美しい輝き。
きっとこれこそが、
いつもアルムが見ている、マナの映る視界だ。

「フィオーラ、準備はできたかい？」
「はい！」

今日は私と、そしてアルムの
お披露目の日。
新たなる世界樹と、
その主の聖女として。
晴れて認められ、
私は表舞台に立つ――。

「先代の世界樹の記憶に飲み込まれそうになって、
音も光も、上も下も何もかもわからなくなった時……。
僕の中に残っていたのが、フィオーラへの思いだったんだ。
そんな僕のことを、君は呼び戻してくれたんだよ」
だからもう、離さない――。

虐げられし令嬢は、世界樹の主になりました
〜もふもふな精霊たちにかこまれて、私、聖女になります〜
2
SAKURAI YU
桜井 悠
[Illustration] 雲屋ゆきお

口絵・本文イラスト：雲屋ゆきお
装丁：寺田鷹樹

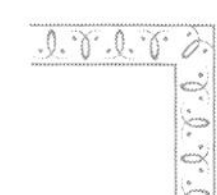

目 次

序章　令嬢のこれまでと思うこと　005

1章　二人の王子　013

2章　あなたと再会の約束を　067

3章　砂漠の王と孔雀の精霊　119

4章　魔導士と黒き蝶　152

5章　千年樹教団本部にて　183

6章　代替わりの儀と、母と子と　220

終章　聖女と世界樹　245

番外編　聖女の元に集うもの　248

あとがき　264

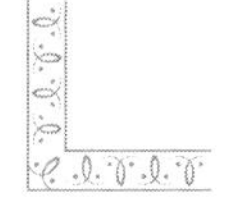

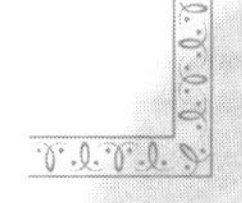

序章　令嬢のこれまでと思うこと

「気持ちのいい朝ね」

澄んだ空へ、フィオーラの声が響いた。

大きな声を出したつもりはなかったが、今はまだ早朝だ。

寝台の上にいる人間も多く、千年樹教団・王都本部の中庭は、静かな空気に包まれていた。

（落ち着くわ……）

フィオーラは肩の上で寝ぼけ眼をこすっている、イズーの頭を撫でてやった。

見た目はイタチにしか見えないイズーだが、れっきとした精霊だ。そんなイズーを連れているからこそフィオーラは、安心して人気のない中庭を歩くことができた。

（また誘拐されて、アルムに心配はかけたくないものね）

つい先日、フィオーラはこの国の王太子だったセオドアに誘拐された。

誘拐事件は解決したとはいえ、フィオーラは依然として、身の安全に注意が必要だった。

（……だって私は、アルムの主になってしまったんだもの）

フィオーラの運命が変わり始めたのは、アルムに出会ってからだ。

青年の姿を取るアルムの正体は、次代の世界樹だった。人に仇なす黒の獣を浄化し、世界を支えている世界樹。偉大な存在だが、あと十年もしないうちに、寿命で枯れてしまうらしい。

アルムは世界樹を継ぐ存在で、いくつもの人知の及ばない力を持っている。天候さえ容易く操るアルムが、ただ一人主と認めるのがフィオーラなのだった。


（アルムが私を主に選んだのは、きっと鴨の刷り込みのようなものよ）


アルムはこの世に生まれ落ちた時、他の植物と同じように、種の姿だったのだ。

その種をフィオーラの母が植え、母亡き後はフィオーラが、水を与え若木の世話をしていた。


（……あの頃の私は、若木だったアルムが心の拠り所だったもの）


フィオーラの母は平民でありながら、伯爵の子を宿してしまったのだ。

不義の子であるフィオーラは、義母のリムエラに目の敵にされていた。

馬車馬のように働かされ、満足に食事も与えられず、義母に折檻を受ける毎日だ。

アルムが人の姿を取ったあの日まで長年、フィオーラは虐げられるがままだった。


（アルムの主になって、ハルツ様に出会い義母様たちの元を離れることになって、樹歌を使えるようになって、黒の獣を退治してサイラスさんと出会って……）


目まぐるしく変わる状況に、フィオーラの心は完全に追いつけてはいなかった。

世界樹の主と呼ばれ敬われるのに、いまだ慣れることができないでいる。

人々の目に晒されることなく中庭を歩くのは、フィオーラの癒やしの時間だった。

千年樹教団の王都本部には多くの神官がつめているが、この中庭に入ることのできるのは一握り。

ごく限られた人間だけだ。

人払いがされた理由は中庭の一角に咲く、薄紅色の薔薇にあった。

「朝露をのせて綺麗ね……」

大輪の薔薇に、フィオーラは空色の目を細めた。

見事に咲き誇る薔薇は、フィオーラの樹歌により生長したものだ。樹歌の影響か、黒の獣を浄化する力を持っている。貴重な薔薇を守るため、中庭は立ち入りを制限されているのだった。

「あ……」

薔薇の様子を確認し歩いていたフィオーラは、ふいに足をとめた。

薔薇の傍らに立つ、アルムの姿を見つけたからだ。

(朝日に煌めいて綺麗……)

白銀から緑へと、色が変わっていく不思議な色の髪が、朝日を受け輝いている。

アルムは瞳を閉じたまま、じっと早朝の陽を浴びていた。

(コウゴウセイをしているのね)

アルムの本性は世界樹、即ち植物だった。

澄んだ水と陽の光を好み、時折じっと光の方を向き、佇んでいることがある。

(邪魔をしちゃ悪いわ)

音を立てないように、そっと。

踵を返しかけたフィオーラだったが、

「……フィオーラ？」

アルムに気がつかれてしまったようだ。

若葉を思わせる美しい瞳が、フィオーラの姿を映している。

アルムはフィオーラへ、整った目元をかすかに緩ませた。

（あ……）

跳ね上がった鼓動を、フィオーラは必死で押しとどめようとした。

アルムに笑みを向けられただけで時折、心臓が騒がしくなることがあった。

「フィオーラ、どうしたんだい？」

「……なんでもありません」

フィオーラが平静を装っていると、アルムが近づいてきた。

「本当に？　どこか痛みがあったりしないかい？」

アルムが心配してくる。

フィオーラが誘拐されて以降、アルムは一層過保護になっていた。

「いえ、大丈夫です。今日つけてもらうのはどれになるかなって、薔薇を見ていただけです」

フィオーラはここのところ毎日、アルムに花を贈られている。

そのきっかけはアルムの優しさと、ちょっとした勘違いからだった。

それは今から、十数日前のことだ。
「これで本日の範囲は終了です。忘れないよう、復習をしておいてくださいませ」
授業終了を告げる教師の声に、フィオーラはそっと肩の力を抜いた。

世界樹の主として恥ずかしくない人間になるため、フィオーラは勉強漬けになっていた。

知識を得ることは嫌いではないが、あまりにも教えられる量が多すぎる。

知恵熱を発しそうな頭を押さえていると、滑らかな手が頬へと添えられた。

「どうしたんだいフィオーラ？　頭が痛いのかい？」

「アルム……」

心配させてしまったようだ。

綺麗な顔を曇らせ、アルムがこちらを覗き込んでいた。

「大丈夫。ちょっと、髪の乱れが気になったの」

手櫛で髪を整える仕草をしていると、アルムがじっとこちらを見ていた。

「アルム、どうしたの？」

「僕から見ると、君の髪は綺麗に整っているように見えるけど……。気になるなら、力を貸せるかもしれない」

アルムは言うや否や、不可思議な旋律、樹歌を口ずさんだ。

樹歌に反応したのは、窓際に飾られた鉢植えの一つだった。

土がやにわに盛り上がり、若葉を出し急速に生長していく。

「イベリス……？」

白い花が咲いていた。

四枚の花びらは白く、中心部だけがちょこんと黄色をしている。

砂糖菓子のような可憐な花に、フィオーラはしばし見とれた。

「この花も、君が好きだと言っていただろう？」

「あ……」

フィオーラは記憶を探り、やがて思い至った。

王都への旅の途中の、馬車での雑談中のことだ。

ほんの一度、口にしただけの言葉を、アルムは覚えていてくれたようだ。

アルムはイベリスの花を手折ると、そっとフィオーラの髪へと挿し込んでくれた。

「これでもう、髪の乱れは気にならなくなるはずだ」

アルムの手が、フィオーラの髪をそっと撫でていく。

その手とイベリスの感触に、フィオーラは目を細めた。

（イベリスから、アルムの優しさが伝わってくる……）

少し恥ずかしくて、でもそれ以上に嬉しかった。

イベリスと一緒なら、この先の猛勉強も乗り越えられるかもしれない。

「アルム、ありがとうございます。このイベリス、とても心強いです」

「心強い……？」

アルムが首を捻っていた。

「喜んでくれて嬉しいけど、そのイベリスがどうして、そんなに心強いんだい？」

「……えっと、それはその……」

人間ではないアルムには、少し伝わりづらい表現だったかもしれない。

どう説明すべきか考えていると、

「あ、そうか。確かにこれは力強いね‼」

アルムが何やら納得していた。

「このイベリスを身につけていれば、暴漢も簡単に撃退できるってことだろう？」

「え……。えっと、どういうことでしょうか？」

「樹歌だよ。僕の力を受けたイベリスは、君の樹歌にもよく反応してくれるはずだ。不届き者が襲ってきても、イベリスに樹歌を使い、茎を伸ばして鞭のように使えば撃退できるはずだよ」

うんうんと、アルムが深く頷いている。

感情表現の少ないアルムには珍しい、嬉しそうな様子だった。

「うん、これはいいかもしれない。君がいつも、樹歌で生み出した花を身に着けていたら安全になるんだ。素晴らしい発想だね‼」

「……そうかもしれませんね」

フィオーラは、曖昧な笑みを浮かべ頷いた。

心強いと言ったフィオーラの言葉を、アルムは完全に誤解していたが……嬉しそうな様子に、水を差したくなかったからだ。


——かくして、ちょっとした勘違いがその時生まれて。

アルムは毎日、フィオーラの髪に花を飾るようになったのだ。

（……アルムは優しいわ）

人間の常識には疎いアルムだが、いつもフィオーラを気遣ってくれている。

彼の優しさが嬉しくて、フィオーラは唇を綻ばせた。

（アルムの思いに応えられるよう、私も頑張らないと……）

彼の足手まといになったりしないように。

強く賢く、フィオーラは成長しなければならなかった。

（私はもう、虐げられるだけの存在じゃないもの）

アルムがいてイズーがいて、ハルツたちもフィオーラを支えてくれている。

彼らの期待に応えたいと、フィオーラは願っているのだった。

1章　二人の王子

朝の散策をフィオーラが終えると、部屋には朝食が用意されていた。

イズーに果物を分けつつ食事を済ませると、ハルツが茶色の髪を揺らしやってくる。ハルツは千年樹教団で最初にフィオーラを見いだした人間だ。若くして司教の位にあり物腰穏やかなこともあって、今でもフィオーラと接することが多かった。

「……精霊様に名前を付けてほしい、ですか？」

ハルツの持ってきた話に、フィオーラは首をかしげた。

名付けを求められたのは、つい先日生まれたばかりの馬の姿をした精霊だ。

名前はまだなかったが、それも精霊ならば普通だった。

世界樹の眷属である精霊は、とても希少な存在だ。一つ所に何体もの精霊が集まることは珍しいため、精霊はたいていの場合、縁のある土地の名前で呼ばれている。

例えば、王都ティーグリューンで生まれた場合、『ティーグリューンの精霊様』といった具合だ。

「あの精霊様は、王都の精霊樹から生まれました。今後は王都を出て、黒の獣の被害の多い地へ向かうと聞いています。王都か、派遣された地の名前で呼ばれるのではないですか？」

「通例はそうなっていますが、今はフィオーラ様がいらっしゃいます」

「私が？」

「そうです。精霊様に固有の名前がないのは、畏れ多いからでもあります。世界樹の眷属である精霊様に、人間が勝手に名前をつけるのは、避けられてきたんですよ」

「…………」

フィオーラは無言で、肩に乗るイズーを見つめた。

イズーと、そしてモモンガの姿をした精霊のモモは、フィオーラが名付け親だ。

名前がないと不便だから、と深く考えず付けた名前だったが、実は畏れ多いことだったらしい。

「……精霊の名付けって、そんなに大変なことだったんですね」

「フィオーラ様なら問題ありませんよ。むしろ精霊様も、歓迎なさっていると思います。イズー様も、嬉しいんじゃないでしょうか？」

「きゅっ！」

僕、名前気に入ってます！

と言うように、イズーが前脚をあげている。

微笑ましい姿にハルツは頬を緩めつつ、フィオーラへと語りかけた。

「フィオーラ様は、次期世界樹様の主です。黒の獣を防ぐことができるのが、世界樹様に連なる存在だけである以上、この国の陛下だって、フィオーラ様に跪かざるを得ませんよ」

フィオーラにその気はなくとも、彼女にはそれほどの価値があった。

国王の願いを受け、いまだこの国に留まっているのも、穏便に事を運ぼうとするフィオーラの性格があってこそだ。

「それに、あの馬のお姿をした精霊様は、フィオーラ様の樹歌を受け誕生されたのです。名付け親として、フィオーラ様が相応（ふさわ）しいと思います」

「……わかりました」

フィオーラは頷（うなず）くと、精霊の名前を考え始めた。

王都ティーグリューンで生まれた、銀のたてがみと蹄（ひづめ）を持つ精霊の姿を思い浮（う）かべる。

「……ティグル、という名前はどうでしょうか……？」

「良い名前だと思います。生まれた地であるティーグリューンに似た響（ひび）きですし、精霊様さえ頷いてくださったら、そのお名前がよろしいかと」

「わかりました。それではさっそく、今日会いに行った時に聞いてみますね」

生まれたばかりの精霊は、しばらく精霊樹の近くで体を慣らし、それから黒の獣の退治に赴（おもむ）く予定だ。

（私の考えた名前、気に入ってもらえるかしら……？）

不安と期待を抱（いだ）きながら、フィオーラは精霊の待つ、王宮の奥庭（おくにわ）に向かうことになるのだった。


アルムと護衛の兵たちに付き添（そ）われ、フィオーラは王宮の奥庭を進んだ。

精霊が旅立つまでの間は毎日、足を運ぶことにしている。

フィオーラが顔を出すと、精霊がとても喜ぶからだ。

既に人間よりも大きな、立派な体躯を持つ精霊だったが、仕草はどこかあどけなかった。

「こんにちは。今日も元気ですか？」

フィオーラが呼びかけると、ぱからぱからと近づいてくる。

蹄の音も軽やかで、母馬に駆け寄る仔馬のような足取りだ。

精霊はフィオーラの前で立ち止まると、顔をすり寄せてくる。

長い鼻面が、優しくくすぐったかった。

「ふふ、ありがとうございます」

お返しに、首筋をたてがみにそって撫でてやった。

フィオーラが背伸びをして腕を伸ばし、ようやく届く程に精霊は大きい。

精霊はその体でフィオーラにケガをさせないよう、きちんと気を付けているようだ。

「今日は精霊様に、聞きたいことがあります。精霊様に名前を贈りたいのですが、ティグルというのはどうでしょうか？」

「ひひんっ！」

精霊が嬉しそうに、蹄で地面を鳴らした。

興奮した様子で、鼻息を強く吐き出している。

「きゅっ‼」

イズーの甲高い声が上がった。

フィオーラの肩の上に陣取っていたイズーは、ティグルの鼻息の直撃を受けたようだ。

「きゅきゅっ‼　きゅいきゅきゅきゅっ‼」

お返しだ！

と言わんばかりにイズーが風を操（あやつ）り、ティグルへとぶつける。

ぶわりとたてがみが舞（ま）い上がり、ティグルは目をしばたたかせた。

長いまつ毛で数度瞬（まばた）きすると、再び鼻息を吐き出す。

先ほどとは違（ちが）い、今度はわざとイズーへと当てている。

鼻息をふきかけ、反対にイズーに風を吹（ふ）きかけられ。

二体の精霊は、とても楽しそうに遊んでいるようだ。

「あのちっこいイタチみたいな精霊様、すごいな」

「エミリオ殿下（でんか）！　今日もいらっしゃったんですね」

フィオーラの横に、赤毛の少年がやってきた。

この国の、末の王子であるエミリオだ。

イズーとティグルがじゃれあい追いかけっこする姿を、目を輝（かがや）かせて眺（なが）めている。

「あの精霊様、僕よりずっと小さいのに、馬の精霊様より早く走ってないか？」

「イズー……イタチの精霊は、風を操れるんです」

「さすが精霊様だな！」

エミリオが頬を赤くし叫（さけ）ぶと、

「きゅふっ‼」

声援（せいえん）には応（こた）えるよ！

とばかりに、イズーが風を吹かせた。

赤い髪がばさばさと風に踊り、エミリオが目をしばたたかせる。

「え？　え？　精霊様、僕の言葉がわかるのか？」

「はい、わかるみたいです。思いを込めて声に出せば、イズーたちは応えてくれますよ」

言いながらフィオーラは、エミリオの髪を整えてやった。

子供らしく柔らかな髪の毛が指先に優しく、目を細めていると、

「っ！　やめろ‼」

ぶるぶると頭を振られ、撥ねのけられてしまった。

せっかく整えた赤毛が、無造作にばらまかれてしまっている。

「これくらい自分で直せるからな？」

「……すみませんでした」

出過ぎたことをしてしまったと恥じながら、フィオーラは引き下がった。

つい、反射的に撫でてしまったが、エミリオはこの国の王子だ。

気安く触ることは、許されない相手だった。

「子供扱いされたくないお年頃なのよ」

フィオーラの耳元で声がした。

イズーに代わって肩の上に飛びのった、モモンガの姿をした精霊・モモだ。

円らな黒い瞳をエミリオに向け、にやりと笑っているようだった。

「……それともあれかしら、相手がフィオーラだからこそ、子供扱いされたくないのかもね」

モモの呟きの後半は小声で、フィオーラには聞き取れなかった。

通常精霊は、人の言葉を理解はできてもしゃべれないものだ。

モモは注目を浴びるのを嫌(きら)っているため、フィオーラやアルム以外に対しては、ただの愛らしいモモンガ精霊のフリをしていた。

フィオーラはモモの頭を撫でてやりながら、エミリオからそれとなく視線を逸(そ)らした。

しばらくの間、エミリオは自身の頭髪(とうはつ)と格闘(かくとう)していたが、ようやく満足できたようだ。

何事もなかったかのように小さな胸を張るエミリオへと、イズーがめざとく駆け寄ってくる。

「きゅいっ‼」

「うわっ⁉」

えいやっと、イズーが再び突風(とっぷう)を吹かせた。

整えたばかりの髪をぐしゃぐしゃにされたエミリオが、叫び声をあげイズーを追いかける。

「やめろよっ‼　このこのっ‼」

「きゅきゅきゅふっ‼」

精霊様、と呼んでいた敬意はどこへやら。

ムキになって追いかけるエミリオから、イズーがきゃいきゃいと逃(に)げ回っている。

最初は怒(おこ)っていたエミリオも、じきに楽しくなってきたのか、笑いながらイズーを捕(つか)まえようとしていた。

微笑ましいじゃれあいに、フィオーラは目を細めていたが、

「わあっ⁉」

イズーを捕まえようとした勢いのままに、エミリオが突(つ)っ込んでくる。

彼が怪我をしないよう、フィオーラは咄嗟に、受け止めようと手を広げた。

「まったく」

横で響く、葉擦れのような声色。

フィオーラが覚悟した衝撃は訪れず、代わりにエミリオの体は蔓に搦めとられ、勢いをとどめられていた。

「人間の子供は忙しないな」

目をぱちくりとさせるエミリオを、静かに見下ろす若葉の瞳。

アルムがかすかに呆れた様子で、蔓を操っていた。世界樹の化身である彼からしたら、呼吸をするように簡単なことだ。アルムの視線一つで蔓がほどけ、エミリオが地面へ降り立つ。

「……っ、そろそろお腹が空いてきたな」

アルムに助けられ恥ずかしいのか、エミリオが顔を背け呟いた。

「フィオーラは、今日も鞄の中におやつを持ってきてるんだろ？　早く開けて食べようぜ」

「殿下、今日はいけません。これはティグルの分です。殿下はもうすぐお昼ごはんですから、食べてはいけませんよ」

「それがどうした？」

フィオーラの制止にもめげず、エミリオが鞄へと手を伸ばした。

「ケチくさいこと言うなよ。ほらっ、いただき————うわおっ!?」

わたわたと、エミリオの体が宙に浮く。

蔓を操ったアルムの仕業だ。

「君、いつもいつも本当、呆れるくらいこりないよね」

「うわぉおぉおっ⁉　はなせぇぇぇぇっ‼」

右へ左へ、エミリオの体が宙で何度も振られる。

驚き悲鳴を上げていたエミリオだったが、楽しくなってきたらしい。

途中からは興奮した様子で、宙ぶらりんを満喫していた。

(殿下、逞しいですね……)

意外なことにエミリオは、アルムにもそれなりに懐いている。

アルムの方は、エミリオがいたずらしようとした時に止めているだけだが、エミリオにとってはそれも新鮮なようだ。

エミリオは周囲から敬われ持ち上げられ、そして遠巻きにされ育っていた。

そんな中、歯に衣着せぬ物言いのアルムは新鮮だ。遠慮なく接するアルムに対し、エミリオは文句を言いつつも、愉快に感じているようだった。

(アルムも一応、怪我はしないよう加減はしてくれているみたいだし)

だからこそフィオーラも、安心して見ていられた。

アルムは人ならざる存在。

ほんの二か月ほど前に初めて人間の姿をとった、次期世界樹の化身だ。

人ではないが故、主であるフィオーラを傷つける相手には容赦なかったが、無暗に力を振るう性格ではなかった。

その圧倒的で神秘的な美貌と、感情が表に出にくい性質のせいで近寄りがたい印象を与えるが、その心の内が温かなものであることを、今のフィオーラは知っていた。

（アルムは優しいし、エミリオ殿下も寂しいのでしょうね……）

エミリオを産んだ母親、第三王妃は、数年前に病でこの世を去っている。

自身も幼い頃、母を亡くしているフィオーラは、エミリオの寂しさが嫌というほど理解できた。

（エミリオ殿下がわがままを言うのも、周りの人間の気を惹きたいからでしょうし）

幼くして肉親を失った子供に、それはありがちなことだった。

しかしエミリオには、生まれ持つ王子という身分が災いし、彼のわがままを受け止め、いさめてくれる人間がいなかった。

結果エミリオの寂しさは癒やされることなく、ここまで育ってしまったようだ。

（……だからといって本当は、私なんかが殿下とこうして、気安くお話しすることは許されないはずだけど……）

エミリオ側、より正確に言えば彼の父親である、国王にも思惑があるようだった。

（国王陛下は、私と殿下が仲良くなることを望んでいらっしゃるわ）

フィオーラは先日、この国の王太子だったセオドアに、強引に婚約を進められそうになっている。

アルムたちのおかげで事なきを得たが、その後もいくつもの婚約話が持ち込まれていた。

今のところすべて断っているため、国王も考えを改めたらしい。

人と人との繋がりは、婚姻によるものだけとは限らないのだ。

世界樹の主であるフィオーラが、エミリオに情を覚えれば、国王としても儲けものだと思っているのだ。

（……そして私は、エミリオ殿下をほおっておけないと思っているわ）

国王の狙い通りだった。

さすが、一国を治める人間だけあり、フィオーラの人柄をよく見ているようだ。

（……私ではエミリオ殿下のお母様の、代わりにはなれないけれど）

それでも、少しだけでも。

小さな王子の寂しさを癒やす助けになれたらと、フィオーラは願うのだった。

「フィオーラ」

物思いに沈むフィオーラの耳に、アルムの声が滑り込んだ。

「アルム、どうしたんですか？」

「誰か来る。知らない人間だ」

アルムの言葉に、エミリオの護衛が身を硬くする。

（まさか、エミリオ殿下を狙う刺客？）

フィオーラは咄嗟に身構えた。

セオドアが廃太子になって以降、王太子の座は空位だ。

次期王太子有力候補になったエミリオに対し、きな臭い動きもあるようで、警備も強化されているようだった。

「……世界樹様、失礼ですが、その人間がどちらからやってくるか、教えていただけますか？　私どもの身ではまだ、気配が捉えられなくて」

「あちらの方だよ。木々がざわめいている」

指し示された木は、これといったおかしな箇所もなく、風に梢をざわめかせている。

人間にはただの葉擦れにしか聞こえない音も、アルムにとっては意味を持つのだ。

やがて足音が聞こえ、一人の青年が姿を現した。

「おや、なんとも、美しいお嬢さんがいらっしゃるようだね」

金の髪をうなじで結んだ、青い瞳をした青年だ。

長身だが、首から上は女性と見まがうような、とても優美な顔立ちをしている。

垂れ気味の瞳は甘やかで、鼻梁は細く高かった。

「どうだい、お嬢さん。このあと私と、お茶を一杯楽しまないかい？　君の美しさを、存分に讃えさせてもらいたいんだ」

「えっと……」

フィオーラは戸惑っていた。

甘い言葉になれていないのもあるが、何より青年の存在を掴みかねていた。

ここは王宮の奥庭であり、余人が簡単に足を踏み入れられない場所だ。

「フィオーラ・リスティスです。お名前を教えていただいても？」

「愛を語らうのに名前が必要かな？　君がいて私がいる。それだけでいいと思わないかい？」

くすりと、青年が肩をすくめ笑った。

気障な仕草だが、甘く整った容姿のおかげでさまになっている。

この手の駆け引きに慣れないフィオーラでは、どう返せばよいかわからなかった。

「それとも、そんなにも私のことが気になるの――――」

「ルシードお兄様‼」

かっこをつけた青年の言葉は、エミリオにより遮られた。

眉を吊り上げ怒った様子で、ルシードのことを見ている。

「また昼間から仕事をさぼってるのか？　フィオーラは今、僕と遊んでるんだぞ！」

兄王子であるルシードの行く手を塞ぐように、フィオーラの前へと立ちふさがるエミリオ。

出鼻をくじかれた形になるルシードだったが、応えた様子もなくゆるい笑みを浮かべている。

「やぁ、小さき弟よ。私の仕事とは、美しい女性を讃えることなんだ。私は何も、手を抜いているわけではないよ」

「嘘つけ！　兄上の従者たちがいつもいつも毎日、文句を言っているじゃないか‼」

「文句など、勝手に言わせておけばいいさ。役に立ちもしない小言に耳を傾けるより、私は少しでも長く、美しいものに触れていたいからね」

エミリオの抗議もどこ吹く風といった様子だ。

ルシードはフィオーラへと、甘い笑みを浮かべ歩み寄ってくる。

「追い払おうか？」

面白くなさそうに、アルムがそう呟いた。

フィオーラのことを思ってだが、相手はこの国の王子だ。

どうするべきか、フィオーラが迷っていると、

「ひひんっ‼」

フィオーラの背後から、ティグルのいななきが響いた。

ついで近づいてくる軽快な蹄の音。

ティグルが顔を近づけ、長いまつ毛に囲まれた瞳を、じっとフィオーラに向けていた。

（急にどうしたんだろう？）

ルシードが気に食わないのだろうか？

フィオーラが首を傾げていると、アルムがティグルと顔を見合わせ頷いていた。

「うん、それはいいな」

ティグルの背中に手をかけ、アルムがひらりと身を躍らせた。

体重を感じさせない軽やかな跳躍。

フィオーラが思わず見とれていると、アルムは馬上の人になっていた。

「さ、フィオーラも」

「え？　きゃっ⁉」

差し伸ばされたアルムの手を反射的に取ると、ぐいと勢いよく引っぱられた。

背中に手が伸ばされ持ち上げられ、視界が一気に上昇する。

気が付けばフィオーラもまた、ティグルの背中に座らされていた。

「アルム？」

「よし。さぁ行こう。――――走れ！」

「ひひんっ‼」

前脚で地面を打つと、ティグルが走り始めた。

四本の脚が力強く地面を蹴り、みるみるルシードたちが遠ざかっていく。

「わわっ⁉」

高速で左右を流れていく景色に、フィオーラは声をあげた。

ティグルの背中に、横座りをしている形だ。

落ちる、と体を硬くするが、思いのほか体勢は安定していた。

アルムの腕に支えられ、しっかりと抱(かか)えられているようだ。

「ありがとうございます。アルムは大丈夫(だいじょうぶ)ですか？」

ティグルは鞍(くら)も鐙(あぶみ)もつけていなかった。

裸馬(はだかうま)に乗るも同然の状態だが、アルムは平然としている。

（アルムの髪が風になびいて、私の頬に触れてっ……！）

間近に迫(せま)った横顔に、フィオーラの鼓動(こどう)が跳ね上がる。

細身だがしっかりとしたアルムの胸板(むないた)に、顔を押(お)し付けるような形だ。

鼓動を誤魔化(ごまか)すように、少しうつむいて口を開いた。

「アルム、馬に乗ったことはありませんよね？　先代の世界樹様から受け継(つ)いだ知識の中には、乗馬の知識もあったんですか？」

「いや、ないよ。ティグルはただの馬ではなく、精霊だからね。背中に乗って駆けるくらい造作もないよ。人間が言う、朝飯前と言うやつさ」

もうすぐ昼ご飯だけどね、と。

真面目(まじめ)な顔で言うアルムに、フィオーラは思わず、くすりと笑ってしまった。

「ふふ、おかげで助かりました。精霊様とアルムに感謝です」

「きゅっ‼」

その通り、と言うようにイズーが一鳴きした。

ちゃっかりとティグルの頭部に乗っかり、先頭で風を受けている。

一見危なっかしいが、イズーもまた精霊だ。

きゅいきゅいと鳴きながら、風を楽しんでいるようだった。

「この後どうする、フィオーラ？　このまま奥庭の出入り口まで向かうかい？」

「そうしてください、あ、でも、もう一つお願いがあります」

「何だい？　さっきのルシードとか言う男を、蹴り飛ばしに行くのかい？」

王子を足蹴(あしげ)にしようと、さらりと言ってのけるアルム。

フィオーラに近づこうとする相手には、容赦がないのだった。

「いえ、違います。エミリオ殿下です」

駆けゆくフィオーラたちを、それは羨(うらや)ましそうな目で見ていた。

「先ほどは置き去りにしてしまいましたし、次に会った時にでも、ティグルの背中に、乗せてもらえませんか？」

「……あいつなら、まぁいいかな。君も乗せてくれるかい？」

「ひひんっ‼」

アルムの問いかけに、ティグルがいななきを返した。

両者ともそれなりに、エミリオのことは気に入っているようだ。

「二人とも、ありがとうございます。エミリオ殿下、きっと喜びますよ」

幼い王子が顔を輝かせる場面を想像して、フィオーラは微笑んだのだった。

フィオーラたちは奥庭を出ると、そのまま王宮から離れ、千年樹教団の教会へと向かうことにした。

道すがら、馬車の窓からはずっと、王都上空に葉を広げた大樹が、建物の屋根越しに見えている。

(次は、あの大樹の元に行って様子を確認しないと)

セオドアからフィオーラを救出する際、アルムが生長させた大樹だ。

はやくも王都の名物になりつつある大樹へと、馬車で寄る予定になっていた。

近づくにつれ、窓の外がうっすらと暗くなっていく。

大きく枝を広げた大樹の、木陰へと入ったからだ。

(あれ……? 馬車が止まるのが、少し早いような?)

大樹の根元まで、もう少し距離があるはずだ。

何だろうとフィオーラが思っていると、馬車が停止し御者席から声がかけられた。

「フィオーラ様、先客がいらっしゃるようです」

「……どなたでしょうか?」

大樹が根を張っているのは、セオドアの隠れ屋敷があった場所だ。

王太子の位を廃嫡されたセオドアは、既に王都を去っている。

主なき屋敷へは今、関係ない人間は立ち入り禁止にされていた。

「シュタルスタット公爵家のお方のようです」

この国の政治中枢の一角を占める、名門公爵家の名前だ。

急ごしらえで政治知識を叩きこまれたフィオーラでも、知っている相手だった。

(それに確か、大樹の生えている土地の、所有者でもあるのよね？)

セオドアの隠れ屋敷を、突き破るように生長した大樹。

しかし、屋敷のあった土地自体はセオドアの、ひいては王家の土地ではなかった。

王太子であったセオドアと縁を持ち貸しを作るために、シュタルスタット家が土地を提供していたのだ。

名義上はシュタルスタット家の土地だからこそ、フィオーラの誘拐事件の際セオドアが黒幕だと判明した後も、捜査が遅れたと聞いていた。

「……わかりました。ご挨拶しておきましょう」

とりあえず、相手が何のためにやってきたのか、確認することにする。

馬車を降りようとすると、アルムが先に動いた。

まず、自分が外に出て安全を確認し、フィオーラへと合図を出してくる。

フィオーラがアルムの横に降り立つと、大樹の前には一際立派な、四頭立ての馬車が停まっていた。

「初めまして。フィオーラ・リスティスです。そちらは、どなたでいらっしゃいますか？」

大樹の前に立つ集団の、中心人物と思しき男性に声をかける。

茶色の髪を丁寧に撫でつけた、二十代後半に見える男性だ。

遠目でもわかる上質な生地のジェストコールに、華やかな刺繍の施されたベスト。

おそらくは彼が、シュタルスタット公爵家の人間だ。

（初対面、よね……？）

どことなく既視感を覚える人物だ。

人間の姿のアルムに出会うまでずっと、フィオーラは実家の伯爵家とその近辺だけで生活していた。

公爵家の人間と知り合う機会など、ないはずなのに不思議だ。

「あぁ、あなたがあの、新たな世界樹の主であるのだな。美しき貴人とお会いできて光栄の限りだよ」

男性が両腕を広げ、歓迎の意を示している。

整った顔には美しい、だが内心の読めない笑みを浮かべていた。

「私の名はディルツ・シュタルスタット。つい先日、公爵家の当主についた者さ」

大樹を背に、男性はそう名乗った。

公爵家の当主とは、やはり大物のようだ。

失礼のないように気を付けつつ、フィオーラはドレスの裾を引き礼をした。

「こちらこそ、ディルツ様にお会いできて光栄です。ディルツ様はなぜ今日、この大樹の元へいらしたのですか？」

「なに、大した用ではないよ。わが家の土地がどうなっているのか、確かめにきたところさ」

ディルツは大樹の葉の隙間から落ちる光に、青色の瞳を細めた。

その横顔に、フィオーラはやはりどこか既視感を覚えた。

（やっぱり、気のせいじゃない……？）

既視感の正体を思い出そうとしていると、ディルツが近くへと寄ってきた。

笑みを浮かべているが、瞳は笑っていないことが、フィオーラにはわかってしまった。

「だが、思ってもいない収穫があったようだ。どうですかフィオーラ様、この後私と一緒に、お食事などいかがでしょうか？」

「ありがたいお誘いですが、申し訳ありません。この後ここで、教団の方と合流して大樹の様子を確認して、そのまま昼にする予定なんです」

「おや、ならばその場に、私もお相伴してもよろしいかな？」

「……教団の方に聞いてみますね」

フィオーラは言葉を濁した。

予定外だが、相手は公爵家の当主だ。

そのお誘いを、無下に断ることはできなかった。

気を使いつつ、ディルツとの会話をこなしていると、教団の紋章を掲げた馬車がやってくる。

馬車から降りてきたのは顔なじみの相手。司教のハルツだった。

「フィオーラ様、それに、ディルツ様も……」

ハルツの表情は硬かった。

いつも穏やかな彼には珍しいことだ。

青色の瞳を揺らがせた彼を見て、フィオーラに思い至ることがある。

（あ、そうか。既視感の正体は、ハルツ様だったのね）

向かい合うハルツとディルツ。

二人は髪の色が同系色であり、顔立ちにも似通った雰囲気があった。

「……っちっ。こんなところで、おまえと顔を合わせるとはな」

舌打ちの音が響く。

先ほどまでの上品な印象が一変した、ディルツによるものだった。

「ハルツ、もしやおまえ、フィオーラ嬢と仲良くしているのか？」

「……神官としての職務の一環で、関わらせていただいているだけです」

「ふん。おまえらしい、面白味の欠片もない答えだな」

ディルツは忌々し気だ。

嫌悪感を隠すことなく、睨むようにハルツを見ていた。

「フィオーラ様。申し訳ないが、先ほどの昼餐の話、私は遠慮させてもらおう」

踵を返し、ディルツが遠ざかっていく。

「そして、昼餐を共にしない代わりに忠告だ。そこのハルツは、わが公爵家を破滅させかけた男だ。フィオーラ様も迷惑をかけられないよう、十分気を付けた方がいい」

ディルツが、親切めいた言葉を残し去っていった。

その背中が見えなくなると、少しだけハルツが気を緩めるのがわかった。

「フィオーラ様、申し訳ありません。私のせいで、不快な思いをさせてしまったようです」

「……ハルツ様は、悪くないと思います」

勝手に一方的に、ディルツが言葉を投げ捨てていっただけだ。

(何かご事情があるようだけど……)

ハルツはフィオーラに親身になってくれた、優しく頼れる神官だ。

そんな彼に、一方的に罵られるような過去があるとは思えなかった。

「ディルツ様はもしかして、ハルツ様の血縁者なのですか？」

「……兄、ですよ」

ハルツがあっさりと、苦笑を滲ませながらも教えてくれた。

「ただし、父親は違っています」

「異父兄……」

それはまたわかりやすく、厄介そうな関係だった。

(ハルツ様、出身は貴族だと仰っていたけど、シュタルスタット公爵家と関わりがあったんですね)

以前から、貴族相手でも物おじせず、交渉事も巧みにこなすなど、片鱗は各所に覗いていた。

とはいえ貴族の中でも相当に上位に当たる、シュタルスタット公爵家の関係者だったのはやはり驚きだ。

「ハルツ様はなぜ、シュタルスタット公爵家を出て神官になったのですか……？」

これは自分が聞いても良いことなのだろうか？

そう心配になりつつも、フィオーラはハルツ司教へと尋ねた。

「そうですね……。一応隠しているとはいえ、少し調べればわかることです。まず、何からお話ししましょうか――」

ハルツ司教とディルツの母親は、奔放な女性だった。

恋多く、いくつもの浮名を流す美女。

その美貌はしっかりと、ハルツ司教にも受け継がれているようだった。

「そして私の母親は、公爵夫人の座に収まり兄上を産んだ後もなお火遊びを続けていたんです。慎みを知らない人間だったんでしょうね」

実の母親のことを語りながらも、ハルツは淡々と他人行儀だった。

そうならざるを得ないだけの、過去と痛みが垣間見えるようだ。

「燃えあがる恋と欲望のまま、何人もの愛人と遊んでいた彼女は、ついに火遊び相手との子、つまり私を、胎に宿すことになったんです。貴族にとって、火遊びは嗜みのようなものですが、子を宿せば話は別になります」

ハルツが生まれて九年後に、彼がシュタルスタット公爵の子ではありえないと判明したのだ。

公爵夫妻は冷え切った夫婦であり、寝室を共にするのも年に一、二回といった頻度だったらしい。

そのため、出産と寝室を共にした時期がややずれており、公爵は怪しんでいたのだ。

「……それでも、シュタルスタット公爵は一応途中までは、私を実の子として育てていました。火遊びの子など、外聞が悪すぎますからね」

しかし悪事というのは、どこからか漏(も)れるものなのです、と。

ハルツが他人事(ひとごと)のように語った。

「ちょっとした偶然(ぐうぜん)で、私の母が愛人へと出した手紙を、シュタルスタット公爵が見てしまったんです。そこに、愛人こそが私の父であると書かれていて、母も言い逃(のが)れができなくなったようです」

当然シュタルスタット公爵は、それはもう激昂(げっこう)したらしい。

だがハルツは既に、正式なシュタルスタット公爵家の子として認められてしまっていたのだ。

自身の血を引かない子を何年も育てさせられた事実に怒(いか)り狂(くる)った公爵は、まだ幼いハルツにも当たり散らしたらしい。

「そんな、酷(ひど)いです。ハルツ様自身は、何も悪くないのに……」

「仕方ありませんよ。シュタルスタット公爵にとっては、私の存在自体が憎(にく)かったでしょうからね」

公爵の気持ちもわかりますよ、と。

ハルツはそう続けたのだった。

「最悪、あの場で殺されていたのかもしれないことを思えば、シュタルスタット公爵は優しかったですよ。『この先、おまえがシュタルスタット公爵家の人間として振る舞うのは許さん。すべてを捨て去り、神官にでもなり生きていけ』と言われたんです」

ハルツが淡々と、自らの過去を語っていく。

「公爵に怒鳴(どな)られながらも、それでも私はどこかで納得(なっとく)し、受け入れていました。生まれてからずっと、愛人に夢中な母だけではなく、父も私にはよそよそしかったんです。むしろシュタルスタット公爵家を出ていけと言われたことで、何年も抱いていた違和(いわ)感が解消され、すっきりしたのを覚えていますよ」

「……だとしても、それは……」

あまりにも容赦がなさすぎる。

ハルツは何も悪くないのにどうして、と。

喉まで出かかった言葉を、フィオーラは喉の奥へ呑み込んだ。

（どんな過去があったとしても。ハルツ様はそのすべてを受け止め、こうして神官として勤めていらっしゃるわ）

だからこそフィオーラも、簡単には慰めの言葉を言えなかった。

「フィオーラ様の感じられている思いはわかります。私だって当時は、己の境遇を呪いましたよ。母を恨み父を恨み自分の血を恨んで……でも、そんな私も、教団は受け入れてくれたんです」

教団は、迷える人々に門戸を開いている。

ハルツもまた教団により居場所を得て、救われた人間のようだった。

「少しずつ落ち着いて、偶然にも吟樹師と樹具を扱う才能があることもわかって、どうにか折り合いをつけ歩んできた結果が、今の私なんです。私の方は、それで満足しているのですが……」

「……ディルツ様は違うのですね」

先ほどの、ハルツを睨みつけるディルツの目を思い出す。

まるで仇を見るような、憎悪に塗れた視線だった。

「私が不義の子であったことで、ディルツ様が本当に自身の子であるか、シュタルスタット公爵も自信が持てなくなったようです。私は教団の庇護下にいたため、その後を詳しくは知りませんが……。

ディルツ様もディルツ様で、苦労なされたようですね」

　ハルツが苦笑を浮かべていた。

　神官として悩める人々に奉仕してきた彼にとっては、自らを憎むディルツさえ、労りの対象なのかもしれない。

「……ハルツ様は優しいのですね」

　心からの尊敬を込め、そう告げたフィオーラだったが、

「フィオーラ様、いけませんよ」

　ハルツになぜか、注意をされてしまった。

「……何がいけないのでしょうか？」

「私は優しくなどありませんから、勘違いしてはいけません」

「ですが……」

「私がディルツ様の様子を気にかけるのは、こちらにまで火の粉が飛んでこないように、という自衛の思いからです。彼に対して同情しているわけでも、肉親としての情が残っているわけでもありませんよ」

　幻滅しましたか、と。

　ハルツが目を細めた。

「だから私は、優しくなんてありませんよ。むしろ、長年虐待されてきたにもかかわらず、こうして他人である私を気遣い心配してくださるフィオーラ様の方が、ずっと優しい心をお持ちだと思います」

「……ハルツ様が私にお心を砕いてくださったからこそ、私も心配になったんです」

「……それが優しいと言っているのです。フィオーラ様の優しさは美徳ですが……それにつけこもうとする人間もいるのです」

ハルツがフィオーラへと苦笑を浮かべた。

「わざとらしく己が悲しい過去を語り同情を引こうとする、例えば私のようにね？」

少しおどけた様子で、ハルツが笑みを深めている。

「先ほどは、無様な姿を見せてしまいましたが……。あれは思いもしないディルツ様との再会に驚き、咄嗟に対応を決めかねていただけです。私はこの通り吹っ切れていますから、フィオーラ様に心配していただくようなことはありませんよ」

「………」

ハルツにそう言われては、フィオーラとしてはそれ以上、言うべき言葉が見つからなかった。

「さて、少し遅れてしまいましたが、お昼ご飯にしましょうか。この先しばらく、ディルツ様にこれ以上目をつけられないよう、私はフィオーラ様に近づかないことにいたします。お昼ご飯を食べ終わったら、そちらの準備と手続きをさせていただきますね」

ハルツは宣言通り、翌日からフィオーラと距離を置くようになった。
同じ教団の建物内にはいるが、挨拶をすることもなくなっている。

「少し寂しいですね」

侍女(じじょ)のノーラがぽつりと呟いた。

フィオーラもまた、彼女と同じ気持ちを抱えていた。

（教団にきて、一番お世話になったのはハルツ様でしたからね……）

思えばいつも、ハルツには助けられていたのだ。

そっとため息をつくと、イズーもどこか浮かない顔をしている。

お茶会のたび、いつも好物のクッキーを準備してくれるハルツに、イズーは懐いていたのだった。

（……ハルツ様はハルツ様で、やるべきことがあるのだもの。私も頑張(がんば)らないと……。ディルツ様と、シュタルスタット公爵家との交渉もあるものね）

寂しさを振り払うように、フィオーラは頭(かぶり)を振った。

大樹が生えている土地は、シュタルスタット公爵家のものだ。

教団に土地を譲(ゆず)り渡(わた)す気はあるようだが、その条件で軽く揉(も)めているらしい。

（大樹には、衛樹(えいじゅ)と同じように、黒の獣を遠ざける効果があるらしいし、落ちた枝葉から、樹具が作れるかもしれないのよね……）

その価値は計り知れず、現金な話をすれば、金の生る木そのものだった。

シュタルスタット公爵家が、そのおこぼれに与(あずか)ろうと粘(ねば)るのもごく自然なことだ。

（大樹から得られる枝葉の配分に、様々な経済効果の受取先の取り決め……。決めるべきことは、たくさんあるようだもの）

フィオーラはつい最近、政治について学び始めたところだ。

シュタルスタット公爵家の提示してきた条件が妥当かどうかはわからないため、詳しい交渉は教団に行ってもらっている。

任せきりにならないよう、できるだけ早く知識を身につけたいところだ。

(……加えて、向こうが求めてきた条件は、金銭面だけではないものね)

それもまた、フィオーラの頭を悩ますことだ。

やるべきこと、考えるべきことの多さに眉間にしわを寄せていると――

「えいっ」

「きゃっ？」

眉間に触れる、少しひんやりとした体温。

アルムの指先が、眉間にそっと触れていた。

「……アルム、いきなりどうしたんですか？」

「眉間のしわをのばしているんだ」

アルムがむにむにと、フィオーラの眉間を揉みほぐしている。

「人間は、眉間に皺が寄ると健康に悪いんだろう？　だからこうして伸ばしているんだ」

「あ、ありがとうございます。でもそれは、比喩表現のようなものなので、そんなに熱心にやってもらわなくても、もう十分ですよ」

「……本当に？」

フィオーラの真意をうかがうように、アルムが覗き込んでくる。

深く澄んだ若葉を思わせる瞳に、あわい銀のまつ毛の影がかかっている。

まつ毛の影の、その本数さえ数えられそうな距離に、フィオーラの息が一瞬つまった。

「……っ‼」

「どうしたんだい？　やっぱりまだ、眉間が揉み足りないのかい？」

「だ、大丈夫ですっ‼　ほら私、元気ですから‼」

元気さを印象付けるように大声で叫ぶと、フィオーラは身を引き距離を取った。

心臓が騒いでいるのは、急に眉間を揉まれ驚いたせいだと、そう思いたいところだった。

「……もう元気になったのかい？　よかった。ならやっぱり、ノーラの言っていたことは正しいんだな」

「ノーラの言っていたこと？」

フィオーラが瞳を動かすと、ノーラが小さく舌を出して笑っていた。

「『人間は眉間にずっと皺が寄っていると病気になってしまうんです。もしフィオーラ様の眉間に皺が寄っていたら、すぐに揉んであげてください。そうすれば二人の距離が急接近して、効果抜群ですから』と、ノーラが教えてくれたことを実行してみたんだ」

「……そうだったんですね」

ノーラの言ったことは間違いではないが、あまりに大げさすぎる。

そんな彼女の助言を、アルムはすっかり信じ込んでしまったようだ。

(だってアルムはまだ、人間歴二か月だものね……)

アルムは先代世界樹から受け継いだ知識で、おおおまかな人間の暮らしや感情について知っていた。

しかし知識はあくまで知識でしかなく、細部には抜けも多かった。

基本的に聡明で学習力が高いため、ここ最近は大きな騒ぎも起こさず人間社会で暮らしているが、時にすれ違い勘違いしたまま、突飛な行動に出ることがあった。

「アルムのおかげで元気が出ました。でも、他の人の眉間をいきなり揉んだり、顔を覗き込むのはやめてくださいね？　驚かれて、騒ぎになるかもしれません」

アルムの優しさは嬉しいが、彼は浮世離れした美貌の持ち主だ。

いきなり至近距離でその美貌を目にしては、相手の心臓に優しくないのだった。

「あぁ、やらないよ。こうして僕から触れたいと思うのは、フィオーラ一人だけだからね」

「っ……」

フィオーラは言葉に詰まった。

迷いも照れもない、まっすぐすぎるアルムの言葉に、恥ずかしくなってしまう。

(うぅ……。顔が赤くなりそう……)

勝手に意識してしまい、頬に熱が集まっていくのがわかった。

真摯にフィオーラを心配してくれるアルムに対して、合わせる顔がない思いだ。

「あらあらあらあらあら！　フィオーラお嬢様、とっても愛されていますね！」

「ノーラっ‼」

きゃいきゃいと盛り上がるノーラへと、フィオーラは慌てて詰め寄った。

髪が触れ合うほどに近寄り、アルムに聞こえないよう小声で話しかける。

「そんなことを言ってはアルムに失礼よ！　アルムには全く、そんな気はないんだから」

「ふふふ、『そんな気』ってどんな気ですか?」

「うっ、それは、そのっ……」

自爆してしまったことに気づき、フィオーラは口ごもった。

(もうっ、ノーラったら……!)

ノーラは忠実な侍女だ。

いつでも主人のことを思い、時に友人のように接してくれている。

フィオーラにとっては得難い存在だが、ノーラも年頃の少女だ。

恋の話が好きで、時々アルムの姿にうっとりとしている。

世界樹の化身であり、並外れた美貌の持ち主であるアルムを、自らの主人であるフィオーラとどうにか恋愛的にくっつけようと、あれこれ動いているのだ。

「アルムと私は、そういう関係じゃないわ。私はアルムの主なの。だからアルムも、私を気遣ってくれるのよ」

「本当に、主として慕っているだけでしょうか?　ゆくゆくはフィオーラ様に恋心を告げ、熱い口づけをして求婚をして――」

「ないわ。そんなことありえないわよ」

ノーラの妄想を否定しつつも、フィオーラは胸にちくりと痛みを覚えた。

(……アルムはあくまで、主として私を慕ってくれているだけだもの)

いうなれば、ある種の刷り込みのようなものかもしれない。

鳥のヒナが、初めて見た相手を親と認識しついていくように。

アルムもまた、若木の頃から世話をしてくれたフィオーラを慕ってくれているのだ。

（……そして鳥のヒナはいずれ大きくなって、自らの番を求めるものよ）

アルムにもいつか、そんな相手が現れるかもしれない。

想像するだけで、フィオーラの鼓動が嫌な音を立てるが、十分ありえる未来予想図だった。

（アルムは優しくてまっすぐで、それにとても綺麗だもの。きっと同じように心優しくて明るくて、心も外見も美しい人と結ばれるのよ……）

だから勘違いしてはいけない、と。

痛む胸を感じながらフィオーラは再確認をした。

アルムがフィオーラを慕うのは主であるからだ。

それ以上でもそれ以下でもなく、他の何かを期待してはいけないと、心に刻まなければならなかった。

「フィオーラ？　ノーラと二人して、どうしたんだい？」

「……いえ、なんでもありません」

どうにか表情を取り繕い、フィオーラはアルムへと振り返った。

アルムは納得できなかったのか、わずかに目を細めている。

「やっぱり何か、悩みごとがあるんじゃないか？　さっきだってずいぶんと、考え込んでいたようじゃないか」

「あれは、シュタルスタット家との経済的なやりとりについて、考えていただけです」

悩みごと、という指摘に、フィオーラは少しどきりとしてしまった。

（シュタルスタット家とは経済面の条件について交渉しなきゃいけないけど、向こうが求めてきた条件は、他にもあるのだものね……）

それはずばり、フィオーラへの求婚だった。

シュタルスタット家は大樹から得られる利益のすべてを教団に譲る代わりに、フィオーラとの婚約を認めてほしい、という提案もしていた。

（……ディルツ様の私への求婚をアルムが知ったら、大事になってしまうわ）

うぬぼれではなく、それは確かな事実だ。

以前フィオーラは、婚約を求めるセオドアの手によって拉致監禁の被害にあっている。

そのせいもあってアルムは、フィオーラへの求婚について敏感だった。

耳にするだけで不快な記憶が連想され警戒心が刺激されるのか、機嫌が悪くなるようだ。

無暗にアルムを刺激し心配させないよう、ディルツからの求婚も秘密にしている。

フィオーラの側としても、ディルツの求婚を受け入れる気がなく、アルムと話し合う必要がないからだった。

（……私もいずれ、誰かと結婚しなくてはならないかもしれないけれど、今はまだその時ではないわ）

フィオーラはとうてい今の自分に、公爵夫人が務まるとは思えなかった。

教団側としても、フィオーラにこの国の王族や、貴族と婚約してほしくはないようだ。

既にフィオーラは王都の大樹に、イズーら何体もの精霊といった多くの力を、この国にもたらしている。

世界樹の恵みとは本来、この世界すべてにもたらされるべきものだ。

これ以上この国に、フィオーラおよび世界樹の恩恵が及び独占状態になると、他国からの突き上げが厳しくなるようだった。

(政治や外交は難しいけど、それくらいは私でもわかるものね……)

フィオーラとしては、より多くの人のために、自分とアルムの力が役立てばいいと思うけれど。

所持する力がけた外れに大きい以上、そう単純にはいかないようだ。

フィオーラにできることは持ちうる力を正しく使えるよう、勉強し見分を広めることだった。

「アルム、この国の歴史や貴族関係について、先生に少しお話を聞いてきますね」

フィオーラは護衛代わりのイズーを肩にのせ、部屋を出ていったのだった。

「あの、アルム様。フィオーラお嬢様を追いかけないんですか?」

控えめな口調ながらもはっきりと、ノーラがアルムへと尋ねた。

アルムはフィオーラの去っていった扉を、静かに見つめたままだった。

(フィオーラなら、イズーがついているから大丈夫だ。……僕も一緒にいきたいが、今は少し様子が変だ……)

自らの変調に、アルムは小さく首を捻った。

先ほど、フィオーラの顔を間近で覗き込んだ時から。

鼓動が不規則に跳ね、今も早鐘を打ったままだ。

人間歴が浅く顔面筋が発達していないせいか、表情にこそ出ていないが、内側はずいぶんとざわめいている。

（なんだ、この変化は？）

人の姿をまねた以上、今のアルムには心臓や肺といった器官も備わっていた。

ただしあくまで仮初。血は透明で傷はすぐふさがり、肺を介さずとも呼吸できる、あくまで形だけの仮の肉体だった。

にもかかわらず、その形だけのはずの肉体が時折、不意に騒がしくなることがある。

（それはいつも、フィオーラといる時だった）

今だってそうだ。

フィオーラのことを思い心の内で名前を呼ぶと、途端に体が熱を帯びるのがわかった。

（理解できない現象だけど、不快ではないな……）

むしろ心地よいくらいだ。

もっとフィオーラの声が聴きたい、近くにいきたいと、熱に浮かされるように思うのだった。

（……けど問題は、理解できない現象がこれだけじゃないことだ）

例えば数日前、フィオーラがハルツと話している時のことだ。

ハルツの身の上話を聞き、フィオーラは彼のことを心配していた。

心優しいフィオーラらしい行動だったが、フィオーラがハルツへと思いと視線を向けるたびに、なぜか胸がちりちりとしたのだ。

（実際に、火が付いたり火傷したわけじゃなかったのに、あれは一体なんだったんだろう……？）

思い出すとアルムは今でも、落ち着かない気分になってしまう。

ハルツのことを、不快に思っているわけではないはずだ。

アルムにとって人間は、フィオーラとそれ以外で分けられている。

そして『それ以外』の人間の中では、ハルツのことをそれなりに好ましく思っていた。

（ハルツはフィオーラを認め、あれこれと助けようとしていた。人間の尺度で見ても、優しく聡明な、一般的に良しとされる性格のはずだ）

にもかかわらず、ハルツとフィオーラが一緒にいると、アルムの体はざわつくのだった。

（ハルツは好ましい人間のはずだ。いや、それともだからこそ、こんなにざわつくのか？）

矛盾した思考に、アルムは静かに混乱していた。

「ハルツが人間として好ましいからこそ嫌だなんて、訳がわからない思考だな……」

整理しきれない心の内を、思わずアルムが口にすると、

「くふふ、くふふふふ～～。青いわね熱いわね。それが若さっていうやつよ」

素早く、モモが合いの手を入れてくる。

妙に楽しそうな様子に、なぜかアルムはむっとしてしまった。

「……何が言いたいんだ？　独り言なら、壁に向かって言ってくれないかい？」

「もうっ、違うわよ鈍いわね。わざと聞かせてあげてるの。ヒントをあげてるんじゃない」

「僕は君に何も、頼んでいないないし求めていないよ」

「年長者の助言は受け取っておくものよ」

言われてるうちが花なんだから、と。

訳知り顔で、モモが小さな頭を頷かせていた。

(なぜこいつは、僕にこんなにかまってくるんだ……?)

アルムには解せなかった。

まるで人間のように「お節介」を焼いてくる、人間ではないモモンガの姿をしたモモが。

そしてどこかモモを拒絶できず、受け入れている自分のことも、アルムには不思議なのだった。

(世界は不思議であふれているんだな……)

姦しいモモの言葉を聞きながら、世界樹の化身にして数多の奇跡を行使するアルムは、世界の不条理に思いを馳せたのだった。

アルムが世界の不思議に思いを馳せている頃。

フィオーラは政治学の先生から得た知識を整理し、復習をしていた。

(この国は今、揺れている……)

発端は、フィオーラがアルムの主になったことだ。

突如姿を現した次期世界樹の主に、千年樹教団は浮足立った。

生まれた波紋は貴族や王家にも及び、さらにそこへ王太子セオドアによる誘拐事件と、その結果のセオドアの廃太子まで重なったのだ。

（次の王太子が誰になるか、皆(みな)注目しているわ）

国の行く末を占(うらな)う一大事だ。

王太子候補として名が挙がった者は二名いる。精霊に目を輝かせていたエミリオと、あの日王宮の奥庭にやってきたキザな青年、ルシードだった。

（どちらが王太子になるかは今のところ、互角(ごかく)といったみたいね）

理由はいくつかあるが、まず一つ目はセオドアの存在だ。

つい先日まで、血筋的にも年齢(ねんれい)的にも能力的にも、セオドア以上に王太子に相応しい王子はいなかった。

王も臣下も皆、王太子だったセオドアがゆくゆくは王位を継ぐとなかば確信していたため、他の王子への関心が薄(うす)く支持基盤(きばん)も弱いのだった。

セオドアは第一王妃の子で二十二歳(さい)だ。

同腹の弟王子が一人いるが、既に臣籍(しんせき)降下しているため王太子にはなり得なかった。

そのため第二王妃の子であり、今年二十一歳のルシードと、第三王妃の子であり今年八歳のエミリオがにわかに、脚光(きゃっこう)を浴びることになったのだった。

（エミリオ殿下はまだ幼いし、ルシード殿下の方は、母方である第二王妃の実家が弱いのよね）

ルシードの母親は公爵家の令嬢だった。

第二王妃となった当時は王妃として十分だったが、その後数年で実家の公爵家が傾き、今では困窮(こんきゅう)してしまっている。

第一王妃や第三王妃と比べると実家が弱く、それゆえセオドアと一歳しか年が違わないにもかかわらず、かつては王太子の候補にさえならなかったようだ。

（性格の方は女好きでいい加減……らしいけど、幼い頃はとても聡明だったとも聞くわ……）

能ある鷹（たか）は爪（つめ）を隠す、という言葉もある。

ルシードが放蕩者（ほうとうもの）のように振る舞うのは、油断させて王位を手に入れる策かもしれない。

安々と、軽んじることはできない相手のようだった。

（それにお二人に加えて、ディルツ様の動向もあるわ）

ディルツの父親、前・シュタルスタット公爵の妹は、エミリオの母親である第三王妃だ。

しかし第三王妃が若くして亡くなったこと、そしてセオドアの王太子の地位が盤石（ばんじゃく）だったため、前シュタルスタット公爵はエミリオではなく、セオドアを積極的に支持していたらしい。

フィオーラが監禁されていた屋敷をセオドアに貸していたのも、彼の機嫌を取るためだったのだ。

（でも、そうして恩を売っていたセオドア様は失脚してしまった）

シュタルスタット公爵家としては、計算が狂った形だ。

ある意味幸運とも言え、この機会に自らと近しい血を持つ、エミリオへと鞍替（くらが）えしたらしい。

（……もっとも、エミリオ殿下本人はそういった政治的な立ち回りは、まだ疎（うと）いようだけど……）

エミリオは八歳になったばかりだ。

今まで王太子からは程遠い立ち位置にいたこともあり、政治にはほぼ関わっていないようだ。

エミリオ本人の知らないうちに、彼の周りの大人たちが、あれこれと動いているのだった。

（エミリオ殿下も、大変な立場ですよね……）

王族である以上、政治的なしがらみからは逃れられない運命だ。

まだ彼本人の自覚は薄いようだが、先々には大変な道のりが待っていそうだ。

（……行く先に気を付けないといけないのは、私もね。エミリオ殿下とルシード殿下、どちらが王太子に選ばれるかはわからないけど……）

意に添わない政治的利用をされないよう、フィオーラも注意しなければならないのだった。

「おっ、フィオーラ、今日もまた来たんだな」

フィオーラが王宮の奥庭に向かうとその日も、エミリオに出迎えられた。

ティグルの横に立ち、待ってくれていたようだ。

近くには今日も、何人もの護衛が控えている。誘拐や傷害を警戒してのことだった。エミリオを誘拐し、王位継承権を放棄させようとする輩が、今も蠢いているようだ。

「こんにちは、エミリオ殿下。それにティグルも、お出迎えありがとうございます」

「ぶるるっ‼」

ティグルは一鳴きすると、フィオーラの頬に鼻面を押し付けてきた。

ここ十数日繰り返された、ティグルの信愛表現だった。

エミリオと二人、ティグルを撫で話していると、背後でアルムが呟いた。

「……フィオーラとエミリオが一緒にいるのを見ても、ハルツの時のようにはならないのか……」

「アルム、どうかしましたか？」

呟きの内容が聞こえず、フィオーラが問い返すと、

「……なんでもない」

アルムに誤魔化されてしまった。

（珍しい……）

アルムは基本的に、フィオーラの質問には包み隠さず答えてくれた。

そんな彼が誤魔化すのは珍しく、少し気になってしまう。

（……でも、アルムだって私に言えないことがあっても当然よね。私はあくまで、アルムの主でしかないんだもの）

気にならないと言ったら嘘だけれど。

フィオーラは頭を振り気持ちを切り替えると、ティグルの頬をかいてやった。

「るるるっ………」

長いまつ毛に覆われた精霊の瞳が、心地よさそうに細められる。

指の腹でやさしく顔をかいてもらうのが、ティグルのお気に入りだった。

「ティグル様、気持ちよさそー。これなら今日も俺のこと、背中に乗せてくれるかな？」

「聞いてみますね」

フィオーラがティグルへと尋ねると、長い頭が上下に振られる。承諾の合図だった。

「それじゃあティグル、それにアルムとイズーも。よろしくお願いしますね」

「ひひんっ‼」

「きゅっ‼」

「あぁ、わかったよ」

フィオーラの声に、三者の返事が重なった。

わくわくとするエミリオにまず、アルムが蔓を伸ばした。

蔓でエミリオを持ち上げ、ティグルの背中へと座らせてやる。そのまま蔓はエミリオと精霊の胴体をくくりつけるように巻き付き、落ちないよう命綱になった。

「きゅきゅっ‼」

馬上のエミリオの肩へと、長い尾をはためかせイズーが駆け上っていく。

イズーの役割は、命綱その二だ。

万が一、エミリオの蔓が外れてしまった時、風を吹かせ助ける役目だった。

「よし‼　出発だ‼」

「きゅっきゅー‼」

楽し気なエミリオとイズーの声を残し、ティグルが駆けていった。

それなりに速度が出ており、風を切って奥庭を走り回っている。

エミリオもイズーも楽しそうで、はしゃぐ声が風に乗って聞こえてきた。

（エミリオ殿下もこうされていると、ただの子供ですよね）

無邪気に遊ぶエミリオ。

政治に煩わされることもない、子供らしい時間が長く続けばいいと、そっとフィオーラは願った。

エミリオたちを見守っていると、傍らのアルムが僅かに身を動かした。

「……またあいつか」

鬱陶しがるような声だ。

アルムの声に続いて、奥庭の茂みが音を鳴らした。

「おや、奇遇だな。まさか今日もまた、フィオーラ殿にお会いできるとはね」

ルシードだった。

笑顔でフィオーラへと近づいてくる彼の前へ、アルムが立ちふさがった。

「奇遇？　嘘をのたまうのはやめてくれ。フィオーラに声をかける隙を、蛇のように狙っていたんだろう？」

「はは、世界樹様は手厳しいね」

アルムは無表情だが、その美貌もあり、真顔で見つめると凄味があった。

しかし、ルシードはそんな圧力もなんのその。

全くめげる気配もなく、フィオーラへと視線を投げかけている。

「フィオーラ殿は先日、ディルツと話をしたと聞いている。今日はディルツの代わりに私へ、話し相手を務める栄誉を与えてくれないかい？」

ルシードがぐいぐいと迫ってくる。

今はティグルもいないため、先日のようにティグルに乗ってこの場を去ることもできなかった。

（わざわざティグルがいない時にやってきたのは、私に近づこうとするため？）

アルムの主であるフィオーラと縁を持つために。

機会をうかがい、わざわざやってきたのかもしれない。

「……私がルシード殿下のお時間を取らせるなんて、畏れ多いことです。ルシード殿下は王子として、ご多忙な身の上なのでしょう？」

「はは、雑事なら部下に任せてあるよ。フィオーラ殿のように美しい方を愛でることが、私たち男性の一番の仕事だからね」

キザなセリフを、息を吐くように告げるルシード。

フィオーラとしてはやりづらかった。

（……ルシード殿下、こちらへ向ける瞳が笑っていないわ）

虐げられて育ったフィオーラは、他人の顔色を読む癖があった。

今、ルシードが向けてきている視線は、ここ最近よく向けられる種類のもの。

フィオーラを利用しようと、近づいてくる人間の瞳だった。

（やはりルシード殿下も、王太子の座を強く求めているのかしら？）

注意しつつ、フィオーラはルシードとの会話を続けた。

アルム越しでもへこたれず、心にもない甘い言葉を投げ続けるルシードは、なかなかに図太い性格のようだ。

「ちょっと兄上‼　フィオーラに何言い寄ってるんだよ‼」

「うおっと⁉」

フィオーラからルシードを遠ざけるようにエミリオが。

白馬の王子様（ただし蔓による命綱つき）がやってきた。

「やぁ、小さき弟よ。しばらく見ない間に、ずいぶんと乗馬が上手くなったんだな」

「馬じゃないティグル様だ！」

誇るように自慢するように、エミリオがルシードを見下ろしている。

「ふふん、見下ろされる気分はどうだ？　僕は小さくなんてないからな‼」

「はは、そういう言動こそが、おまえが小さき弟である証明だよ」

「なんだって⁉」

からかわれたエミリオが、顔を真っ赤にして怒っている。

「弟よ、おまえも小さいとはいえ男なんだな。気になる相手の前で少しでも自分を大きく見せたいとは、いじらしいことじゃないか」

「うっ‼　ほっとけっ‼」

何やら図星を指された様子のエミリオが、ルシードへと食い掛かった。

「はは、私は優しいからな。今日のところは、おまえに免じてこの場を譲ってやろう。フィオーラ殿、またお会いできる日を楽しみにしていますよ」

片目を閉じウィンクをすると、ルシードが去っていった。

去り際まで、どこまでもキザで胡散臭い様子だった。

「あいつは一体、なんのためにやってきたんだ？」

「……心当たりはありますが……」

確証はないため、フィオーラは続きを口にしなかった。

代わりに、エミリオへと礼を述べることにする。

「エミリオ殿下、助かりました。早駆けの最中に、わざわざ戻ってきてくださったんですよね？」

「別に、おまえのためなんかじゃないからな」

エミリオに、ぷいと視線をそらされてしまった。

「あら、わかりやすい坊やね」

フィオーラの肩の上で、モモがうふふと小さく笑っていた。

「わかりやすいって、何がですか？」

「……あんた、他人の視線には敏感な癖に、ところどころとっても、と〜っても鈍いわよね」

やれやれと、なぜかモモにため息をつかれてしまった。

フィオーラが疑問に思っていると、エミリオの咳払いが響いた。

「それよりおまえ、そろそろおやつの時間だろう？　お腹は空かないのか？」

「わかりました。今準備いたしますね」

持ってきた鞄の中身を、フィオーラは素早く広げた。

座るための敷き布と、手でつまめるクッキーやプチタルトだ。

艶やかなサクランボの輝くプチタルトに、エミリオの視線は釘付けになっている。

「エミリオ殿下は、サクランボが好物だとお聞きしました」

「ありがとう‼　大好きだぞ‼」

大きく頷いたエミリオだったが、ついでなぜか、赤くなってしまった。

「か、勘違いするなよ？　今のはおまえじゃなく、サクランボが好きだといっただけだからな？」

早口でまくし立てるエミリオに対して、

「あまーい‼　サクランボよりずっと、こっちの方が甘酸っぱいじゃない‼」

モモが何やら楽し気に、はやし立てている。

愛らしいモモンガの姿をしており、人々から崇められる精霊でもあるが、中身は姦しく俗っぽい性格の持ち主だった。

「なぁなぁフィオーラ、ティグル様は普段、何を食べてるんだ？」

タルトとクッキーを胃に収めたエミリオは、満腹で機嫌が良いようだ。

両手でクッキーを持ち頬張るイズーを見ながら、フィオーラに話しかけてきた。

「イズーやティグルたちは、綺麗な水と陽の光があれば、それで十分みたいです」

「え、水だけ？　それじゃあ、お腹が膨れないじゃないか」

「精霊様たちは、世界樹の眷属……わかりやすく言うと、家族のようなものなんです。見た目は馬やイタチのようですが、世界樹に近い存在なので、肉や果物は必要ないみたいです」

「へぇ、そうなのか。でも……」

「うきゅっ⁉」

クッキーを頬張るイズーを、エミリオがつんつんと突いた。

「イズーはこんなにも、クッキーに夢中になって――――うわっ⁉」

突かれたお返しとばかりに、イズーが小さなつむじ風を巻き起こした。

エミリオの赤毛が散らばり、鳥の巣のようになっている。

「イズーは、クッキーを気に入ってるんです。邪魔されたくないみたいですね」

「食い意地が張りすぎだろう……」

文句を言いつつも、イズーの食事の邪魔をして悪いと思っているようだ。

エミリオは髪を直し、頬を膨らましている。

「髪が乱れた。今日はもう帰る。明日も同じ時間に、フィオーラは来るんだろう？」

「……エミリオ殿下、そのことですが」

言いづらさを感じつつも、フィオーラは言葉を続けた。

「こうして私がここに来るのは、今日が最後になると思います」

「……なんだって？」

エミリオが、目を大きく見開いた。

「どういうことだ？　なんでなんだ？　もしかして、僕のことが嫌いになったのか？」

エミリオが不安を浮かべしがみついてくる。

その様子にフィオーラの胸も痛むが、自らの選択（せんたく）を変えることはできなかった。

「そんなことはありません。エミリオ殿下のことは、お慕い申し上げています。不敬かもしれませんが、弟のように思っています」

「弟……」

エミリオの表情がくるりと変わり、不満そうに唇（くちびる）を歪（ゆが）めている。

「……いや、今はそれはいい。よくないけど、それはいいんだ。……僕のことが嫌いになったんじゃないならどうして、もう来られないなんて言うんだ？」

「ティグルの様子が、安定してきたからです」

気ままに駆け回る馬の姿をした精霊をフィオーラは見やった。

(元々私がここへ来たのは、生まれたばかりのティグルを見守るためだったもの)

だからこそこうして、王宮の奥庭を気安く訪れることができたのだ。

ティグルが自らの体に慣れ、外でもやっていけると確信が持てた今、状況は変わっている。

黒の獣に苦しむ人々を助けてもらうために、ティグルには旅立ってもらうことになったのだ。

「じきにティグルは旅立ち、私がこうしてここへ、毎日やってくることもなくなるんです」

「………フィオーラだけじゃなく、ティグル様までいなくなるなんて」

エミリオが呆然と呟いた。

瞳にはうっすらと、涙が滲み始めている。

「どうしてだよ!?　精霊のティグル様はわかるけどでもっ、フィオーラは違うだろっ!?　人間だからこれからもずっと、ここに遊びに来ればいいだろう!?」

「……私も、そうしたい気持ちはあるのですが……」

だがフィオーラには、ここへ留まることはできなかった。

「私はじきに、アルムと共に王都を発ち、この国を出る予定なんです」

そもそも、フィオーラがアルムの主となったのは、今ある世界樹がそう遠くない未来に、朽ちるとされているからだ。

人の社会は、世界樹の恩恵なくして成り立たなかった。

今の世界樹が弱り切り倒れる前にその根元へ向かい、代替わりをしなければならなかった。

(まだ猶予はあるとはいえ、あまりこの国に長居すると、ディルツ様のように求婚してくる方や、私をこの国に引きとめようとする方が増えるはずですし……）

　エミリオには悪いが、それでもフィオーラは、この国を出なければならなかった。

かみ砕き事情を説明するも、エミリオの感情はおさまらないようだ。

「っ、裏切り者っ‼」

　地団太を踏むと、震えながら顔をうつむけていた。

「フィオーラも僕を、また僕を、お母さまのように置いていくんだっ‼」

「違います。二度と会えなくなるわけでは――」

「もういい帰れっ‼」

「ですが、エミリオ殿下……」

「帰れと言ってるんだ‼」

　エミリオはそう言うと、走り出してしまった。

「………」

　この国に留まる選択肢ができないフィオーラはただ、その背中を見つめることしかできなかった。

（お別れの品、渡しそびれてしまったわ）

　懐にあるのは、一枚の栞だった。

（エミリオ殿下は、座学の勉強が嫌いだと仰っていたから……）

　少しでも苦手意識が薄まるように、と。

　本を開いた時に目に飛び込む、栞を持ってきたのだ。

　栞には、エミリオの好物のサクランボの絵と、サクランボの花の押し花が施されている。

今は花が散り実が熟す季節のため、アルムから教わった樹歌で咲かせた花だ。
樹歌の影響か、押し花となってもほんのりと甘い香りが残っている栞だった。
（直接お渡しできなくて残念だけど……）
エミリオへの別れの手紙に、フィオーラは栞を同封することにしたのだった。

2章　あなたと再会の約束を

エミリオへの手紙を出したフィオーラはその後、忙しく動くことになった。

間もなくこの国を発つためには、行く先の知識を勉強したり、さまざまな旅の準備が必要だ。

加えて、フィオーラが旅立つ前に一目会おうとする、この国の人間たちとの面会も予定されている。教団側である程度、面会相手は厳選してくれたようだが、それでも毎日、何人もとの社交をこなさなければならなかった。

（疲れた……。でもこれも、明日一区切りがつくのよね）

明日は、ティグルが任地へと旅立つ日だ。

それを記念し、最大限盛り上げるために、予定がしっかりと組まれている。

明日は大樹の前に多くの貴人を集め、ティグルの姿をお披露目する手はずだ。

その準備や予行演習のため、フィオーラは一層、忙しくしているのだった。

（忙しいのは私だけじゃないわ。ハルツ様もあちこち、駆けまわっているみたいだし……）

ディルツの件もあり、直接顔を合わせることはないが、同じ教団の中にいるのだ。

聞こえてきた話によると、ハルツは多忙を極めているようだった。

元より有能で頼りにされていたことに加え、セオドアの一件が尾を引いている。

セオドアに加担していた教団の人間が、軒並み謹慎処分か降格されたため、仕事のできるハルツは、あちこちから引っ張りだこのようだった。

（ハルツ様たちの仕事を台なしにしないためにも、私がきちんとしないと……）

一つ頷き、フィオーラは明日の予定を再確認した。

（明日は大樹の元に、王族の一員としてエミリオ殿下もやってくるのよね）

顔を合わせ会話をする貴重な機会だ。

今度こそきちんとお別れを言いたいと、フィオーラは思ったのだった。


明けて翌日。

よく晴れていて、空には雲一つなかった。

馬の精霊の旅立ちに相応しい、幸先のいい朝のようだ。

「うぅ……。やっぱり恥ずかしいですね……」

しかし空模様とは反対に、フィオーラの気持ちは晴れなかった。

原因はノーラたち侍女が着付けてくれた、正装用のドレスだった。

白い絹は滑らかで、淡く光を帯びているように見える最高級の品物。たっぷりと重ねられた布が揺れると、細やかな金刺繍が輝いた。

裾と袖を長く引くデザインで、淡く透ける素材が華奢な肢体を包んでいる。首元には繊細な金細工が飾られ、アルムの瞳を思わせる、鮮やかな緑の貴石が揺れていた。

神秘的かつ可憐な、文句のつけようもない装いだったが、だからこそフィオーラは落ち着かなかった。豪華な衣装を、どこかに引っ掛けてしまわないか心配で、衣装負けしているようで恥ずかしかった。

「フィオーラ、準備はできたかい？」

「はい、大丈夫です」

アルムが着付室に入ってきた。

手に二輪の薔薇を持ったまま、しばし固まっているようだ。

「……………綺麗だな」

近づいてきたアルムが、そっとフィオーラの頬へ手を添えた。

「いつものドレス姿もいいけど、今日の君は、大輪の薔薇のように綺麗だよ」

アルムはただ、美しいドレスに対して、思ったままを口にしただけだ。

そう言い聞かせ、なんとか顔を上げることに成功した。

フィオーラはうつむき、赤くなりそうな顔を隠した。

「……ありがとうございます」

「アルムも、準備はできていますか？」

「あぁ、大丈夫だ。あとは君に、この花を挿せば完璧だよ」

アルムが手にしているのは、純白の花弁を重ねた二輪の薔薇だ。

「今日はドレスが白だと聞いていたから、花も白がいいかと思ったんだ」

「っ……！」

アルムの指が耳の上に触れ、フィオーラは僅かに息を吐き出した。

頭部に花を挿してもらうのは、もう何度も経験した日課だ。

なのに今日は、いつもと服装が違うせいか、妙に意識してしまうのだった。

「薔薇は、この位置でいいかい？」

「はい。ありがとうございます」

両耳の上にそれぞれ、純白の薔薇が挿されている。

華やかであり、そしていざという時には樹歌で操り棘を伸ばすことができる、護身具も兼ねた薔薇だった。

鏡で位置を確認していると、ノーラが口を開いた。

「フィオーラお嬢様、とてもお似合いですよ。そうしてアルム様と並んでいると、ますますお似合いですね」

「ノーラ……」

きゃいきゃいと騒ぐノーラの言葉に、フィオーラは意識してしまった。

（このドレスはアルムの横に立った時映えるよう、色やデザインを合わせたと聞いているけど……）

意識すると、腰が引けてしまった。

絶世の美貌を持つアルムと対扱いされるなど、つり合いが取れていないと思ったからだ。

恥ずかしさや気まずさを和らげるように、フィオーラはイズーを撫でてやった。

「きゅい？」

イズーの背を毛並みにそって撫でながら、フィオーラはそう念じたのだった。

（色々と恥ずかしいけど、落ち着いて、落ち着いて、平常心で……）

フィオーラの手により毛皮はたんねんに梳かされ、首には金細工の飾りが巻かれていた。

と首を傾げるイズーも、今日はおめかしをしている。

どうしたの？

フィオーラが大樹の元に到着すると、既に何組もの人間が集まっていた。

いくつもの天幕が張られ、中で馬の精霊のお披露目を待っているようだ。

（あ、エミリオ殿下もいらっしゃってるわ）

天幕の一つの入り口に、見慣れた赤毛の頭がある。

声をかけようとして、フィオーラは思いとどまった。

ちょうどエミリオが、ディルツに話しかけられたからだ。

（初めて見る組み合わせだけど、そう珍しい組み合わせでもないんでしょうね）

今は亡きエミリオの母親、第三王妃はディルツの父親の妹。即ち、今日の前で会話を交わす二人は、近しい親戚の関係だ。政治的にも、ディルツはエミリオを支持しているため、声をかけるのも当然だった。

（……エミリオ殿下、思ったより大人しくしているのね）

ディルツ相手に、エミリオは行儀（ぎょうぎ）よく受け答えしている。

今までフィオーラが見たのは、護衛や従者に対し、わがままに振（ふ）る舞（ま）うエミリオだ。

そんな彼（かれ）も王族であるからには、相応の相手にはきちんと振る舞えるよう、幼くとも教育されているようだった。

（エミリオ殿下も、頑張（がんば）っていらっしゃるのね）

ディルツとの会話は見たところ和（なご）やかで、割り込（こ）むことははばかられた。

もう一度後で声をかけようと、フィオーラは今のうちに、ティグルの様子を見に行くことにした。

たてがみを撫で、存分に甘（あま）えさせてやって。

その後、今日の招待客の貴族たちに捕（つか）まっていると、背後から声をかけられた。

「やぁ、フィオーラ殿（どの）。今日はまた一層美しさに磨（みが）きがかかり、まばゆいほどに輝いているね」

ルシードだ。

王子である彼が近づいてきたことで、周りの貴族たちは引いていった。

「ごきげんよう、ルシード殿下。ルシード殿下の方こそ、本日も麗（うるわ）しいお姿ですね」

「ははは、私が美しいのは、いつものことだからね。美しい者は共にあることで、より輝きを増すものさ。式典が終わった後、二人で話さないかい？」

今日もルシードは、熱のない誘（さそ）いの言葉を向けてきた。

歯の浮（う）くような言葉に、周囲の貴族たちが小さくざわめいている。

「放蕩（ほうとう）殿下の本領発揮だな」

「いつもは滅多（めった）に公務に顔を出さずさぼっているのに珍しい」

「フィオーラ様目当てだろう」

「違いないな。フィオーラ様に見とれるのもわかるが、ルシード殿下よりずっと、エミリオ殿下の方がしっかりしているぞ」

どうも、周囲の貴族たちはエミリオを支持する一派のようだ。

ちくりちくりと嫌味を言いながら去っていった。

（エミリオ殿下に、ルシード殿下をどうこうする気がなくても、周りがほうっておかないのね）

それほど、王太子の位が持つ影響力は大きいということだ。

フィオーラはルシードをどうにかかわすと、エミリオの赤い頭を探した。

（エミリオ殿下、どこにいらっしゃるのかしら……？）

姿が見当たらなかった。

どこかの天幕の中で、休憩しているのかもしれない。

天幕の中へ探しにいくべきか、フィオーラが迷っていたところ、

「なんだとっ⁉」

ひと際大きな声が響いた。

誰かと思って見てみると、焦った様子のディルツのようだ。

「天幕の中が荒らされ、エミリオ殿下が誘拐されただとっ⁉」

ディルツの叫びに、にわかに場がざわつき始めた。

（そんな、エミリオ殿下がっ……⁉）

咄嗟に、フィオーラはアルムを振り返った。

「どこにエミリオ殿下がいらっしゃるか、調べられませんか？」

「……やってみよう。ちょうどここには、大樹があるからやりやすいはずだ」

ざわめく貴族たちをすり抜け、アルムが大樹へと歩いて行く。

淡く銀色に輝く幹に手を当てると、すいと枝葉を見上げた。

「僕の眷属たる大樹よ。君が見たものを教えてくれ」

瞬間、ざわりと。

大きく広がった枝が、風もないのにいっせいに葉を揺らした。

さわさわ、ざわざわと。

内緒話をするように、葉擦れの音を鳴らしている。

いつの間にか貴族たちも黙り込み、アルムと大樹に注目していた。沈黙に、大樹のざわめきだけが降っている。

「……そうか。わかった。教えてくれてありがとう」

アルムは幹から手を外すと、貴族たちへと振り返った。

「エミリオはそこの人間、ディルツとの会話の後、何人かに声をかけられていたようだ。そこの茶髪の君、太っている君、今ひげに手を伸ばした君、それに百合の髪飾りをした君。君たちは皆、先ほどエミリオと話していたんだろう？」

「は、はい……」

呆気にとられた顔で、四人が頷いている。

人ならざるアルムの持つ能力に、驚き圧倒されているようだ。

「君たちとの会話の後、エミリオは最後にそこの男、ルシードと話していたようだ」

アルムの言葉に貴族たちの目が、一斉にルシードへと向けられる。

驚愕と不信感に満ちた眼差しだ。

「……ルシード殿下、世界樹様の仰っていることは本当なのですか？」

貴族の一人に尋ねられると、ルシードが拍手を始めた。

わざとらしいし、芝居がかってみえる動作だ。

「あぁ、その通りだとも。世界樹殿は、とてもよく見える目をお持ちのようだ」

「では、エミリオ殿下と最後にお話ししたのがご自分であると、そう認めるのですか⁉」

貴族たちに動揺が走った。

ルシードとエミリオは、王太子の座を争う間柄だ。

怪しすぎる事実に、勘繰りを止められないようだった。

「どうやらそのようだね。私と別れた後、エミリオがどうしたのかわかるかい？」

ルシードは拍手を止めると、アルムへと問いを向けた。

「……いや、大樹にも、そこまではわからないようだ。ルシードと別れた後、エミリオはそこの天幕に入り、出てきたところは見ていないようだ。天幕の中で何があったかまでは、大樹にも見えないようだからね」

肝心の犯行現場の目撃情報は、得られないようだ。

貴族たちから、落胆の声が漏れてきた。

「ただ、何人か、今この場にいない人間が同じ天幕に出入りしていたらしい。彼らは大きな荷物を持っていたようだから、その中にエミリオが入っていたんだろうね」

「……世界樹様の仰る通りだと思います」

ディルツが前に出てきた。

「エミリオ殿下のいらっしゃった天幕は、何者かに荒らされた形跡がありました。だからこそ私も、誘拐だと青くなったのです」

ディルツは言うと、視線を険しくしルシードを睨みつけた。

「まさかルシード殿下がこのような卑怯な行動に出るとは、軽蔑いたします」

「……私が誘拐を指示したっていうのかい？」

「他に誰がいるというのですか？」

ディルツの弾劾に、貴族たちも頷いている。

フィオーラは注意深く、ルシードへと視線を注いだ。

「私を犯人だと断言する証拠は？」

「世界樹様の言葉を疑うつもりですか？」

「世界樹殿が言っているのは、あくまで僕が最後に、天幕の外でエミリオと会っていたことだけだろう？」

ルシードの確認に、アルムが頷いた。

「あぁ、そうだよ。決定的な場面はこの場の誰も、大樹も見ていないようだ」

「……だ、そうだが？」

「……っ……！」

拳を握り込むディルッツに対し、ルシードに堪えた様子はなかった。

「……この様子では、今日の精霊の見送り式は中止だろうね。これ以上この場にいてもやることがないだろうし、私は帰らせてもらうよ」

フィオーラ殿、逢瀬はまた今度の楽しみで、と言い残して。

ルシードは帰っていったのだった。

「誘拐犯の手がかりが見つからない、だと？」

苛立ちを滲ませた、ディルッツの声が部屋に響いた。

ティグルの見送り式は中止になり、ディルッツとフィオーラたちは、千年樹教団の教会へやってきていた。今日の見送り式の会場設営及び警備は、教団が担当していたからだ。エミリオら王族も参加しているため、警備は厳重になされていたはずだった。

「……申し訳ありませんっ!!」

教団側の代表が、ディルッツへと深く頭を下げていた。

「警備のものに聞きましたが、今のところエミリオ殿下を誘拐した者がどこへいったか、確認されていないようでして……」

「今のところ？　ならば明日にでもなれば、手掛かりが掴めるということか？」

「それは……。我々も精一杯動かせていただきますが、保証することはできないと思います」

「……ふざけた答えだな」

ディルツが大きくため息をつき、手で顔を覆った。

「エミリオ殿下に何かあったら、おまえたちはどうしてくれるんだ……？　きっと今頃一人震え、泣いて助けを待っているんだぞ？」

「……こちらも胸が痛みます」

教団の代表が同意したが、今のところ他に、打てる手はないようだった。

「ディルツ様、そちらに脅迫状などは届いていませんか？　そちらの線から、フィオーラ様と世界樹様が辿れるかもしれません」

「世界樹様たちが……？」

訝しむディルツへ、フィオーラが説明をすることにした。

「先ほどアルムが、大樹の見ていたものを語ったのをご覧いただきましたよね？」

「……あぁ、あれはまさしく、人知を超えた奇跡の光景だったが……。あの大樹にも、エミリオの行方はわからないのだろう？」

「はい、大樹にはわからないようですが、大樹にしたのと同じようなことを、アルムは他の木に対してもできるんです」

「……なんと……。それはまた、すさまじい能力をお持ちだな……」

驚きが大きいせいか、ディルツがしばし固まっていた。

「ならばすぐにでも、世界樹様に木への聞き込みを行ってもらえば、エミリオの誘拐先がわかるのではないのですか？」

「……残念ながら、それは難しいみたいです」

「まさか誰も……いや、どの木も、誘拐犯を目撃していないのか？」

そんなことがあり得るのか、と。

疑念のまなざしが、フィオーラへと向けられてきた。

「……こちらが協力しようと言っているのに、失礼な人間だな」

緑の瞳を冷ややかに煌かせ、アルムがディルツを射すくめた。

「……っ！」

「反対に君に問おう。君は目の前を通り過ぎた人間、そのすべての顔を識別し、何をしていたか答えられるのかい？」

「それは……全員は難しいですが、ある程度は可能です」

「ならば、通り過ぎたのが人間ではなく羊だったらどうだい？　羊の一頭一頭をきちんと見分け、認識することができるのかい？」

「……私にとっての羊が、木にとっての人間であると？」

種族が異なれば、初対面で相手を見分けるのは難しくなってくる。人が羊一頭一頭の区別がつけにくいように、木からしたら、人間個々人の見分けはつけにくいようだ。

「君たち人間は、自分たちを特別扱いする癖があるけど、木からすれば人間も羊も鳥も虫も、等しく『木ではないもの』という括りだよ。毎日木の前を通りかかる人間や、突然歌い出したり、斧を持って木を切り倒そうとする人間ならともかく、ちょっと木の前を通り過ぎた人間の一人一人にまで、木は注意を払い記憶してはいないさ」

「……ごもっともなお言葉です」

アルムの説明に、ディルツも納得するしかないようだった。

「あいにくと大樹も周りの木々も、誘拐犯につながりそうな事柄は覚えていなかったんだ。そちらに脅迫状が届いているなら、そこから辿った方がまだ有益だよ」

「……残念ながらこちらに、脅迫状はまだ届いていません」

ディルツが渋い声で、眉間のしわを深めている。

「脅迫状から足がつくのを、恐れてのことかもしれません。現にこうして、こちらには世界樹様がおられますからね」

「誘拐したのに、何も要求してこないのかい？」

「改めて要求せずとも、自明の事柄だからでしょうね。誘拐犯の狙いは間違いなく、『エミリオ殿下の王位継承権の放棄』でしょうから」

浅はかな奴だ、と。ディルツが怒りを吐き捨てた。

「誘拐犯の黒幕は、ルシード殿下に決まっています。母親の実家の力で劣り、本人にも良くない噂が多いのも、ルシード殿下は認識しているはずです。自らの行動を改め王太子に相応しくなろうとするのではなく、エミリオ殿下を引きずり下ろすことで、王太子の座を手に入れようとしているのですよ」

「……ルシード殿下は大樹の元を去った後、なにか動きを起こしていますか？」

フィオーラが尋ねると、ディルツが首を振った。

「今のところ、何も。腹立たしいほどいつも通りに、エミリオの捜索に協力するフリも見せず、王宮内をうろついているようです」

「そうでしたか……」

与(あた)えられた情報を整理し、フィオーラは考え込んだ。

(エミリオ殿下は今、どこにいらっしゃるのかしら……?)

不安で心臓が痛くなってくる。

今エミリオはこの瞬間にも、怖(こわ)い思いをし泣いているのかもしれなかった。

「……フィオーラ様と世界樹様には、協力していただけるようで感謝いたします」

ですが、と。

ディルツは教団の代表へ、鋭(するど)い一瞥(いちべつ)を投げた。

「千年樹教団に対して、私は失望いたしました。……今回の件に関しては、相応の対処をさせてもらおう」

「……どのような対応をお求めですか?」

怖(おそ)れを隠し切れない様子で、教団の代表が尋ねた。

「今回、そちらは大樹周辺の警備を、万全(ばんぜん)に敷(し)けていなかっただろう? この先、管理を預けるのは不安だから、大樹の一切(いっさい)をこちらで管理させてもらおう」

「そ、そんなのは無理ですよ!!」

教団の代表が悲鳴を上げ、ちらりとアルムを見つめた。助け舟(ぶね)を求めているようだ。

「……ずいぶんと、君たち人間は傲慢(ごうまん)なんだね。自分たちが育てたわけでもない大樹の権利を主張し争うなんて、僕からすれば馬鹿(ばか)らしくて呆(あき)れてしまうよ」

「……確かに、世界樹様の仰る通りですね」

冷ややかなアルムの視線に、ディルツも食い下がれないようだ。

「……わかりました。では今回は、そちらの責任者、大樹前の式典の準備の指揮を執っていた人間を、責任をとって辞めさせてもらうことで手を打ちましょう」

ディルツはずいぶんと譲歩したようだが、フィオーラは嫌な予感がした。

「そちらの教団には今、私の不肖の弟ハルツが在籍し、権力を握っていると聞きます」

「っ‼」

予感が的中し、フィオーラは息をのんだ。

「お恥ずかしい話ですが公然の秘密として、ハルツは私の父、前シュタルスタット公爵の血を引いていません。公爵夫人に手を出した、薄汚く愚かな盗人の血を継いでいるのです。こたびの式典の不備も、ハルツの落ち度であるとすれば、私には納得ですよ」

「そんなの言いがかりです！」

フィオーラは反論した。

確かに、ハルツはここのところあちこち飛び回り忙しくしていたが、式典警護の責任者は別人であり、完全な言いがかりだった。

（でも、事実がどうであるかなんて、ディルツ様には関係ないんだわ……）

単にこの機会に、憎んでいるハルツを痛い目にあわせたいだけだ。

まず最初に、『大樹の権利をすべてよこせ』などと無茶な要求をしてきたのも、教団側に対し一度譲歩した実績を作ることで、本命の要求を通しやすくするためだった。

「エミリオ殿下が誘拐されてしまった不手際について、そちらの教団に悪意はなかったと信じていますよ。だからこそここは、ハルツ一人の追放で手を打とうと思います」

いかがいたしますか、と。

ディルツが要求を突き付けたのだった。

「――私は、ディルツ様の要求を受け入れるつもりです」

話を聞いたハルツは、僅かに考え込んだ後、口を開いた。

「私一人の首ですむのなら、安いものだと思いますよ」

「ハルツ様……」

フィオーラは唇を噛んだ。

ハルツへ話をする前から、うっすらと予想できていた回答だが、やはり悲しかった。

（ハルツ様は優しく、責任感も強いお方だわ。自らを受け入れてくれた教団のためなら、泥を被る選択を選んでしまえるもの……）

だがそんな彼だからこそ、理不尽な追放は受け入れられなかった。

「フィオーラ様、そんなにお心を痛めないでください。これは私にとっても、そう悪い話ではないんですよ」

「え……？」

「生まれというもの、生みの母親が犯した罪というのは、決して消えないものです」

ハルツの言葉に、フィオーラはどきりとしてしまった。

彼だけでなく、フィオーラにも突き刺さる言葉だった。

（私のお母様も、お父様の愛人だったもの……）

父親側から迫られ手を出された結果とはいえ、フィオーラの母親・ファナは侍女でありながら、伯爵家当主の子を孕んでしまったのだ。

ファナもまた被害者だが、父親の本妻・リムエラからすれば加害者の一人に映ったはず。

フィオーラがリムエラに虐げられて育ったのも、原因はそこにあるのだ。

「ディルツ様は一生、私を許すことはないと思います。私がこの国で教団に留まる限り、また手をだしてくるかもしれません。……これ以上私は、私を拾ってくれた教団に、迷惑をかけたくないんですよ」

穏やかにハルツは笑っていた。

何かを諦めた人間特有の穏やかさだった。

「エミリオ殿下の誘拐事件が解決したら、私は責任を取り教団を去ろうと思います。幸い私は、それなりに健康な肉体を持っています。教団を追い出されても、食べるには困りませんよ。……ですからどうかフィオーラ様も、そんな悲しい顔をしないでください」

青色の瞳に慈愛と諦めを浮かべ、ハルツが茶色の髪を揺らした。

「こんな私でも、教団の役に立てるなら本望ですよ。教団を去るために、色々と引継ぎをしなければいけないので、ここは失礼いたしますね」

教団を去る決意を固めたハルツは各所を回り、粛々(しゅくしゅく)と引継ぎ作業を進めた。

すべてをこなすにはまだ足りないが、数日のうちに終わるはずだ。

翌日の予定を考えつつ自室へ戻(もど)ると、水色の髪の神官、友人のサイラスが待ち構えていた。

「おいおまえ、無茶苦茶な要求を呑(の)んで、本気で教団を去るつもりか？」

不機嫌(ふきげん)さも全開に、サイラスが詰(つ)め寄ってくる。

「あぁ、そのつもりだよ。君も耳が早いな」

「……オレの質問に答えろ」

あくまでいつもの態度を崩(くず)さないハルツに、サイラスは視線を険しくした。

「誰よりおまえ自身が、ディルツの要求に憤(いきどお)っているはずだ。諦めたふりをして笑ってないで、少しは怒(おこ)ってみせろよ」

「……怒って、それでどうなるんですか？」

友人だけあって、サイラスの指摘(してき)は図星だった。

本心を暴(あば)かれ、ハルツは初めて苛立ちをのぞかせた。

「怒ってあがいても、それで結果は変わりません。私一人の首と、大樹のすべての権利。比べるまでもなく、教団にとってどちらが重いかは明白です」

「だからって、こんな理不尽を通すつもりか？　俺(おれ)だけじゃない、フィオーラ様だって同じ気持ちに決まって――――」

「だからこそです」

断言したハルツの勢いに、サイラスは一瞬目を見開いた。

「ハルツ、おまえ……」

「フィオーラ様は優しいお方です。私が教団に残りたいと言えば力になってくれるでしょうし、望みを通すだけの力も、フィオーラ様はお持ちになっています」

「だったらどうして、おまえは黙って教団を去ろうとするんだ……？」

「今回だけではすまないからです」

ハルツは八歳まで、貴族としての教育を受けていた。

そして今も、教団内外での様々な折衝に関わっているため、わかってしまうことがある。

「私の望みを、フィオーラ様が叶えてくれたとしたら。この国の貴族や、そして外国の王侯貴族や政治家たちも、私がフィオーラ様の弱点だと、泣き所だと認識しますよ」

フィオーラ本人にはアルムがついており、物理的にも社会的にも、無理強いするのは難しかった。

だが、フィオーラの周りの人間に関してはその限りではないはずだ。

「フィオーラ様の周りの人間を陥れれば、フィオーラ様を動かすことができる。そんな悪しき前例に、私はなりたくありません」

それは、ハルツなりのある種の意地だった。

（フィオーラ様はこの先花開き、より高く羽ばたいていくお方だ。私のような人間が、その足を引っ張ってはいけない）

ハルツはフィオーラのことを尊敬し、大切に思っていた。

春の日差しのような笑みを向けられると、心が浮き立つのも自覚している。

（……畏れ多い思いだ。アルム様が私に向ける視線が鋭くなるのも当然ですね）

ハルツは苦笑し、自らの思いへと蓋をした。

「私は、短期間であれフィオーラ様と関われた幸運を土産に、この教団を去るつもりです。この先、輝かしい道を歩む彼女と、再び歩みが交わることはないでしょうが……。遠くで彼女の幸せを、祈らせてもらいますよ」

エミリオの誘拐事件から二日後。

フィオーラは馬車に乗り、王宮へと向かっていた。

（今日こそは、何か手がかりがつかめると良いのだけど……）

今のところ、エミリオの監禁場所については判明していなかった。

ディルツも王家も、そして教団やフィオーラたちも、それぞれ懸命に捜索を行っていたが、時間だけが過ぎている。

（エミリオ殿下、ご無事でいてくださいね）

今はただ、祈ることしかできなかった。

エミリオは気が強いが、年齢相応に泣き虫だった。

どこかで泣いていないか、痛い思いをしていないか、心配でたまらなくなってしまう。

（……ハルツ様も、心を痛めてらっしゃったものね……）

彼は自らの身の振り方ではなく、ただ誘拐されたエミリオのことを心配しているようだった。

（早く、エミリオ殿下の監禁場所の手掛かりか何かを見つけたいけれど……）

既にアルムと共にルシードの周辺など、怪しそうな人間の屋敷（やしき）は調査している。

しかし有力な手掛かりは得られていないため、藁（わら）にも縋（すが）る思いで、エミリオの自室を調べさせてもらうことにしたのだ。

「フィオーラ様、こちらのお部屋です」

王宮の侍女の案内に従い、子供に与えられるにしては大きな部屋へ案内された。

「……失礼いたします」

主（あるじ）不在の部屋に、律儀（りちぎ）に挨拶（あいさつ）をして入るフィオーラ。

しばらく部屋の中を見回すと、あるものに気が付いた。

「これは……。少しお話をよろしいでしょうか？」

「何でしょうか？」

エミリオ付きだという侍女へ、いくつか質問をしていく。

返ってきた答えに、フィオーラは頭を働かせた。

（これなら、どうにかなるかもしれないわ……）

考えを実行に移すべく、アルムへと振り返った。

「アルム、力を貸してほしいことがあるんですが――」

フィオーラがエミリオの部屋を訪れた翌日。

ハルツが身一つで、教団を去っていった。

追放同然の急な出立だが、最低限の引継ぎは終えている。

惜しまれながらもハルツが去った一方、王都のとある屋敷に、エミリオは転がされていた。

「お腹空いたな……」

くうくうと鳴る腹を抱え、粗末な寝台に寝転んでいる。

右足には鎖がはめられ、寝台の脚へとつながっていた。

「僕、これからどうなるんだろう……」

不安と空腹に、吐き気がせりあがってくるようだった。

大樹の元での式典に向かい、天幕の中にいたところを、いきなり誘拐されたのだ。

ここがどこかはわからず、正確な時間も不明だ。

重要な人質だから幸い、殴られることはなかったが、常に閉じ込められ見張られている。

万が一にもエミリオが逃げられないように、食事も一日一度、二人組の男が持ってくるだけだ。

体の痛みこそないが、幼いエミリオの心は既に限界を迎えかけていた。

背中を丸め涙をこらえていると、にわかに外が騒がしくなる。

「なんだ……？」

もしかして、助けがやってきたのだろうか?

エミリオの瞳に、急速に光が戻ってくる。

期待を胸に様子を窺っているエミリオだったが、

「なっ……?」

現れた思いがけない相手に、目を見開いたのだった。

「急な召集にもかかわらず、集まってくれてご苦労だったな」

シュタルスタット公爵邸の前に並んだ兵たちへと、ディルツは声を張り上げた。

「つい先ほど、エミリオ殿下の所在が判明した!」

「本当ですか⁉」

兵たちに驚きが広がっていく。

いまだ王家も教団も、エミリオの行方を掴んでいないのだ。

「あぁ、確かな筋からの情報だ。ここに集めたのは、わがシュタルスタット公爵家お抱えの兵たちの中でも選り抜きの精鋭だ！　現時刻をもっておまえたちには、エミリオ殿下の救出にあたってもらうことになる‼」

ディルツの激励に、兵たちの士気が上がっていく。

エミリオの救出に成功すればディルツは一躍注目を集め、兵たちにも報奨金が出るからだ。

「誘拐犯どもに勘づかれないよう、素早く静かに行動してもらおう。私も同行し、おまえたちの働きを目に焼き付けさせてもらうつもりだ‼」

「はっ！　了解いたしました！　我ら持てる限りの力を尽くし、エミリオ殿下の救出にあたらせていただきます！」

気合の入った兵士長の声に、ディルツは目を細めたのだった。

兵を引き連れ王都の外れを進みながら、ディルツはこの後の段取りを確認していた。

もうじき、エミリオの監禁場所に到着するはずだ。

兵たちに檄を飛ばしながら、前へ前へと進んでいたディルツだったが、

「ディルツ様！」

「なっ⁉　フィオーラ様⁉」

この場にいるはずのない人物の登場に、大きく瞳を見開いた。

薄茶の髪を月明かりに晒したフィオーラが、アルムと共に佇んでいる。

ディルツはすぐさま笑顔を取り戻し動揺を隠すと、フィオーラの様子を観察した。

「フィオーラ様、なぜこのような場所にいらっしゃるのですか？」

「ディルツ様こそどうして、兵をつれここにいらっしゃるのですか？」

「…………」

ディルツはしばし迷った。

エミリオを助け出す指揮は自分が執り、賞賛を独り占めにしたいところだ。

フィオーラがいては功績が分散されてしまうが、誤魔化すのも難しそうだった。

「……エミリオ殿下を、お助けに向かうところです。フィオーラ様ももしや、そのおつもりではないでしょうか？」

「はい。私はそのつもりですが……」

言葉を切ったフィオーラの瞳が、まっすぐにディルツを見た。

「っ……！」

思わず、ディルツは気圧されてしまった。

優し気で、時に気弱にさえ見えるフィオーラが、今は射貫くような強い瞳をしていた。

「ディルツ様は、違いますよね？　エミリオ殿下を誘拐した黒幕は、ディルツ様なんでしょう？」

「なっ……」

目を見開き、ディルツが固まっていた。

「何を……突然何を仰られるんですか？」

硬直が解けたディルツが、おもねるような笑みを浮かべた。

「私はエミリオ殿下を助けに向かうところです。黒幕などではありませんよ」

「嘘をつかないでください。誘拐を仕組んだのはディルツ様です。エミリオ殿下を誘拐し、ルシード殿下のせいに見せかけ貶める。その後ディルツ様自らエミリオ殿下を助け出すことで、エミリオ殿下に恩を売ろうとする。……そんな計画なのでしょう？」

怒りを抑えながら、フィオーラは言葉を続けた。

「あの式典のあった日、アルムは図らずも、ルシード殿下に疑いを向けるような発言をしてしまいました。あの時きっと、ディルツ様は腹の中で笑っていたと思います。ルシード殿下を犯人に仕立て上げる役割を、私たちが演じてしまったのですから」

フィオーラとしては、それが一番腹立たしいところだった。

まんまとディルツの計画に手を貸してしまうことになったからだ。

（……私たちだけじゃないわ。エミリオ殿下の周りの人間にも、ディルツ様の息のかかった、誘拐の協力者がいるはず。エミリオ殿下の行動をよく把握していたからこそ、ルシード殿下と別れた直後というこれ以上ないタイミングで、教団の守護兵に気づかれずに誘拐を実行できたのよ）

エミリオの周りの人間にとっては、一歩間違えれば責任を取らされ破滅する賭けだが、見返りも大きいはずだ。

ルシードを引きずりおろせば、王太子はエミリオでほぼ決まりだ。

王太子を擁する勝ち馬の陣営になれば、美味しい思いができるはずだった。

「……妄想はおよしください」

泣きぐずる赤子をなだめるように、ディルツが語りだした。

「フィオーラ様の仰っているのは、根も葉もない妄想でしかありませんよ」

「証拠ならあります」

フィオーラがアルムに合図すると、物陰から蔓で縛られた男たちが運ばれてきた。

「なっ……？」

縛られた人間の顔を見たディルツの表情に、衝撃が走った。

そんなまさか、と。

動揺を隠しきれていないようだ。

「ディルツ様はこの方たちに、見覚えがあるはずですよね？」

「っ、知らない‼　こんな奴ら、私は知らないぞ‼」

「知っていますよ。ルシード殿下に罪をなすりつけようと、偽の証言をさせるために雇った人間でしょう？」

「なっ⁉　なぜそれを知って――――っ‼」

ディルツが口をつぐむが遅かった。

確かに今彼は、自らの関与を認めていた。

「っちっ‼　あぁそうさ、その通りだよ‼」

誤魔化しきれないと悟ったのか、ディルツが開き直った。

「だがどうするつもりだ⁉　エミリオ殿下の身柄は、まだこちらが握っているんだ。フィオーラ様は殿下のこと、見捨てられないだろう⁉」

半ばヤケになりながらも、ディルツが脅迫を突き付けてきた。

「エミリオ殿下の身柄が私の手にある限り、そちらは逆らえないは――――」

「僕がどうかしたのか？」

「――――なっ⁉」

ディルツがぽかんと口を開けている。

彼の叫びを遮ったのは話題の張本人、エミリオの声だった。

――――フィオーラたちが、エミリオの部屋を訪れた時のことだ。

部屋をぐるりと見たフィオーラは、子供用の背の低い机の絵に、見覚えのある手紙を見つけた。

別れの挨拶をつづり、栞を同封して送った手紙だ。

エミリオは机の手前、すぐに手の届く位置に、手紙を置いていたようだった。

（……あれ、でも、栞が見当たらない？）

少し気になり、エミリオ付きの侍女へと声をかけた。

「これは……。少しお話をよろしいでしょうか？」

「何でしょうか？」

「私はこの手紙と一緒に、栞をエミリオ殿下に贈ったんです。栞の方は、どこにいったのでしょうか？」

「あぁ、あの栞でしたら、エミリオ殿下は大変お気に入られたのか、懐に入れて持ち歩いておりましたよ」

返ってきた答えに、フィオーラは頭を働かせた。

今もまだ、運よくエミリオの元に栞があるのならば。

誘拐事件解決の糸口になるかもしれなかった。

（あの栞には、私が樹歌で咲かせた花を、押し花にして貼ってあるわ）

思い浮かんだ考えを、アルムへと話していった。

「木は人間一人一人は識別できなくても、同じ木や植物の違いはわかるのですよね？」

「そうだよ。君たち人間が人間の顔を識別できるように、植物は植物同士の違いに敏いからね」

「……だったら、エミリオ殿下に渡した栞は木々にとって、とても目立つんじゃないですか？　あの栞は作ったばかりで、本来はこの時期には咲かない、サクランボの花の匂いがついていました」

「……なるほど」

緑の瞳を煌かせ、アルムが一つ頷いた。

「確かに、木々からしたらとても目立つだろうね。あのサクランボの花は、フィオーラが樹歌で咲かせた花だ。目ざとい木々なら、あの栞から漂う季節外れの匂いと樹歌の気配に気づき、記憶しているかもしれない」

さっそく聞いてみよう、と。

アルムは大樹の近くの木々へと聞き込みを行った。

結果、多くは空振りだったが、数本の好奇心の強い木が、サクランボの花の匂いをまとった人間のことをはっきり覚えていたのだ。

一つ手掛かりが見つかれば、あとは速やかに進んでいった。

聞き込みを行い、得られた木々の証言を追いかけるように、エミリオの監禁されている建物にたどり着いたのだ。

「……それじゃあイズー、殿下の救出をお願いね」

「きゅっ！」

イズーが前脚を頭の前へとあげ返事をした。

王都で見かけた兵隊の真似をして、敬礼をしたつもりのようだ。

（さすがに監禁場所は見張りも多いけれど……）

監視も警戒も、あくまで対象は人間だ。

小さなイタチの姿をしたイズーは、あっさりと侵入に成功した。

フィオーラが樹歌を使い陽動を行っている隙に、誘拐犯たちの注意をすり抜け、エミリオの監禁場所にたどり着いたのだった。

（イズーが姿を現した時、エミリオ殿下はすごく驚いたらしいわね……）

捕まっている場所にいきなり、イズーがやってきたのだ。

思いがけない相手の訪れに、目を見開いて驚いていたらしい。

救出されたエミリオを抱きしめ、フィオーラは彼の無事を喜んでいた。

「良かったです、エミリオ殿下。どこか怪我や、痛い場所はありませんか？」

「っ、ひっくっ……」

エミリオは言葉もなく泣いていた。

誘拐され監禁され、心が限界を迎えているようだ。

「エミリオ殿下、もう大丈夫です。もう怖くありませんよ」

「うっ…ぼくをっ……ざり、っ………だな……」

「どうされたのですか？　やはりどこか痛むのですか？」

フィオーラが心配になっていると、エミリオが一際強く抱き着いてきた。

「ふぃおーらは、きてくれたんだ。っひっく……。僕を、置きざりにしないんだな……！」

「エミリオ殿下……」

震える小さな背中を、フィオーラは優しく撫でてやった。

「大丈夫ですよ。エミリオ殿下が落ち着くまで、私はここにいますからね」

エミリオが泣き止むまでの間ずっと、フィオーラは彼を抱きしめていたのだった。

落ち着いたエミリオに軽く事情を説明すると、フィオーラたちは忙しく動くことになった。

誘拐犯たちを念入りに縛り上げ、黒幕への連絡を取れないようにしてから尋問。

最初は口が重かった誘拐犯たちも、フィオーラたちへの協力と引き換えに減罪歎願してやると持ち掛けると、途端に口の滑りが良くなった。

「黒幕はディルツ様なのね……」

フィオーラは怒りを覚えた。

エミリオを誘拐し怯えさせ、その罪をルシードに着せ、更には教団の警備不備のせいにもすることで、ハルツを追放しようとする計画だ。

誘拐されたエミリオを心配するフリをして、裏で糸を引き笑っていたのがディルツだった。

（許せないけど……。誘拐犯たちの自白だけじゃ、まだ証拠が足りないわ）

ディルツを捕らえるには、あと何手か必要だ。

フィオーラはまず誘拐犯たちに、『このままエミリオを監禁するフリを続けて、ディルツの指示通り動いているように見せかけてくれ』と命令を出した。

誘拐が計画通り進んでいるとディルツが油断している間に、証拠を集めるためだ。

誘拐犯から得られた自白を基に、協力者たちを見つけ捕まえて。

教団にも事情を説明し、力を合わせ証拠を集めていった。

（ハルツ様にも、演技とはいえ追放されるフリをしてもらったものね……）

ディルツの狙いの一つは、憎んでいるハルツを教団から追い出すことだ。

目論見通りハルツが教団から去れば、ディルツもこれ以上偽の誘拐を引き延ばす必要なしと判断し、なんらかの行動を起こすはずだった。

――――そして、フィオーラたちの読みはあたることになる。

ディルツがエミリオを救出する栄誉を得ようと動いたところを、強襲し揺さぶりをかけることになったのだ。

順風満帆と信じて疑わなかったディルツは動揺し失言し、あっさりとボロを出したのだった。

「――――なっ？」
ディルツは思ってもいなかったエミリオの登場に、ぽかんと口を開けていた。

「な、んで……？　エミリオ殿下はまだ、捕まっているはずだろう……？　まさか、偽者？」

「違います。確かにエミリオ殿下本人です。先回りして、救出させていただきました」

「……‼　くそっ……‼」

自身の計画すべてが崩れ去り、暴かれたことをディルッは理解した。

王子であるエミリオの誘拐を企てた以上、シュタルスタット公爵家の当主であるディルツとはいえ、厳罰は免れなくなる。

暗黒の未来に震え、ディルツは逃げ出そうとした。

フィオーラたちから遠ざかる方向へ。

すべてをかなぐり捨て、どうにかこの場を離れようとしたが、

「見苦しいですよ」

「おぶっ⁉」

逃げ出そうとしたディルツの顔面へ、水球が着弾していた。

樹具を用いた攻撃。

ハルツが杖状の樹具を掲げ歩いてきた。

「ディルツ様、いい加減諦めてください。この場から逃げようとも、あなたの罪がなかったことにはなりませんよ」

油断なく樹具を構えながら、ハルツがディルツへと語りかけた。

転倒し咳き込んでいたディルツの瞳に、強い憎悪の炎が燃え上がる。

「ハルツっ⁉　なぜおまえがここにいる⁉　追放されたはずだろう⁉」

「フリですよ。ハルツ様を油断させるため、一芝居打たせていただきました」

激昂するディルツとは反対に、ハルツの声はどこまでも平坦だ。

感情を見せず、あるいは見せないよう抑えつけながら。

ディルツを静かに見下ろしていた。

「私を‼　騙していたのか⁉　おまえがまたっ‼　私を陥れるんだなっ‼」

憎しみを力に変え、ディルツがよろめきながらも立ち上がった。

「いつもそうだ‼　いつもおまえのせいで、私は不幸になるんだ‼」

喚き散らしながら、一歩二歩とハルツに近づいていく。

「おまえのせいだおまえのせいだっ‼　おまえなんてっ‼　生まれてこなければよかったの──

がふっ⁉」

「なっ⁉」

肉を打つ鈍い音と、ハルツの驚愕した声。

呆然としたディルツが、頬を押さえ座り込んでいた。

「……フィオーラ様、どうしてあなたが……？」

ディルツを殴ったのはフィオーラだった。

意外過ぎる行動に、ハルツは目をしばたたかせる。

「っ、ううっ……」

まさかの人物から殴られたディルツは目を回し、地面へと伸びてしまったのだった。

「先ほどは驚かせてしまい、申し訳ありませんでした……」

気絶したディルツが、アルムの蔓で縛られていくのを見ながら。

フィオーラはハルツへと、何度も頭を下げていた。

「いえ、そんなに謝らないでください。私は何も、痛い思いをしていませんよ」

「でも、いきなりお二人の間に突っ込んで、思いっきり殴ってしまいました……」

フィオーラは小さくなっていた。

あの時は、気づいたら体が動いてた。後先のことなど考えていなかった。ただただ、ディルツをこれ以上しゃべらせたくないと思ったのだ。

「フィオーラ様が殴っていなかったら、私が耐えかね手が出ていたかもしれません。私の代わりに殴っていただき、とてもすっきりしましたよ」

「……ハルツ様、違うんです」

フィオーラは首を横へ振った。

「あの時の私は、自分のことを考えていたんです」

「フィオーラ様ご自身のことを？」

「はい。……ハルツ様はご存じだと思いますが、私は母親を亡くして以降ずっと、義母のリムエラや義姉のミレアに、嫌われて生きていました」

「……聞いております。それはもう酷い仕打ちに、耐え続けていらっしゃったんですよね。お辛かったと思います」

労りのこもったハルツの言葉に、フィオーラはゆるく首を振った。

「あの頃の私は、何も感じないよう何も考えないよう、心に壁を作ってやり過ごしていました。だから辛いとか悲しいとか、ぼんやりとしか感じていなかったんです」

ただ、それでも、と。

フィオーラは自らの思いを吐き出した。

「どうしても忘れられない、耳にこびりついている言葉があるんです。『おまえなんか、生まれてこなければよかった』と。義母にそう言われたんです」

思い出すと今でも、フィオーラの心は切り付けられたように痛みを覚えた。

義母たちの元から解放された今も、あの言葉は癒えない傷として残っている。

「だから私は、さきほどディルツ様が似たような言葉を口にしたのを聞いた時、体が動いてしまったんです。この先を聞きたくない。ハルツ様に聞かせちゃいけない、って。手が出てしまっていたんです」

人を殴ったのは初めてだった。

正気に戻った今はハルツを驚かせたことに気づき、申し訳ない限りだ。

フィオーラが顔をうつむけていると、頬に指があたった。

「ハルツ様……？」

「フィオーラ様、一つ訂正させてください」

フィオーラを見つめる瞳には、慈しみと感謝と、そして熱を帯びたなにかが揺れていた。

「私は以前、フィオーラ様は優しいと言いましたよね？」

「……はい」

フィオーラも覚えていた。

（そうよね、あんな暴力的な姿を見せたのだから、私のどこが優しいんだって、幻滅されてしまったわよね……）

自業自得だが、フィオーラは落ち込んでしまった。

すると小さく、ハルツが笑い声をあげていた。

「ふふ、誤解なさらないでください。私は感心しているんです」

「感心……？」

話の行く先が見えず、フィオーラは内心首を傾げた。

「私はフィオーラ様を優しいと言いつつ、心のどこかで庇護すべき対象だと、下にみていたかもしれません。……ですがそんな思い上がりは、先ほど打ち砕かれてしまいました」

眉を下げ、少し困ったように、嬉しそうに。

ハルツは笑みを浮かべていた。

「フィオーラ様は優しいだけではなく、とても強いお方です。他人である私のことを思いやって動くことのできる、優しく強い心を持っているんです」

愛おしむように、ハルツの指先がフィオーラの頬の輪郭をなぞった。

「だからこそ私はきっと、こうしてあなたに惹かれ――――」

「フィオーラ」

ハルツの告白を遮るようにして。

アルムがフィオーラの名を呼んだ。

「ディルツと、彼の協力者たちを縛り終えたよ。次は何をするんだい？」

「そうですね、ちょっと待ってください。ハルツ様、失礼しますね」

アルムの方を向き、フィオーラはハルツから離れていった。

（ハルツ様が何を仰ろうとしたのか気になるけど……）

まずは、事件の後始末をきちんと終わらせなければならなかった。

フィオーラはアルムと共に、ディルツたちへと目を向けたのだった。

フィオーラの背中を見つめ、ハルツは一人苦笑していた。

（つい、熱くなりすぎてしまいましたね……）

気が付けばフィオーラに触れ、あふれる思いを口にしようとしていた。

周りの何もかも、ディルツとの確執（かくしつ）も痛みもすべて忘れて、フィオーラしか目に入っていなかったのだ。

（危なかった……。アルム様が動いてくれなかったら、私はどうしていたんだろうか……）

暴走を止めてもらい感謝する一方、不満に思う自分がいることも、ハルツは自覚していた。

（……フィオーラ様は本当に、人を惹きつけるお方だ）

初めて会った時は、泥だらけの痩せこけた少女だった。身を清め、美しい顔立ちをしているのはわかったが、フィオーラの持つ本当の魅力は、その心の在りようにあるのだ。

（私はずっと、フィオーラ様のことを美しく心優しい、弱いほどに優しすぎるお方だと思っていました）

しかし違ったのだ。

第一印象は、確かにそうだったかもしれないが、フィオーラはアルムの主として振る舞ううちに、見違えるように変化していった。

（花が咲き誇るように、フィオーラ様は成長している）

先ほどの、ディルツへの打撃がその証だ。

ほんの一月ほど前までフィオーラは、自らを虐げる義母たちにさえ怒ることのできない、弱い少女だった。

しかし今や、フィオーラは自分のためではなく、他人であるハルツのために怒ることができた。

今回の誘拐事件でも、自分にできることを考え持てる力を駆使し、積極的に捜査に関わっている。

（虐げられ、縮こまっていただけの少女はもういません。これからもフィオーラ様は、優しく強く成長し、多くの人間を救っていかれるはずだ）

フィオーラの未来を思い描き、ハルツは瞳を細めた。

（……この思いが身の程知らずであることも、叶うことがないのもわかっていますが……）

それでも、フィオーラの近くでその行く先を見てみたい、と。
ハルツは心に決めたのだった。

王宮を揺るがしたエミリオ誘拐事件は、フィオーラの尽力もあり無事解決を迎えた。
エミリオに大きな怪我はなかったものの、王族の誘拐は大罪だ。
誘拐を企てたディルツは極刑こそ免れたが、貴族籍を奪われ生涯幽閉となった
彼は牢に入れられる寸前、
『違う。私は悪くないっ‼　全部全部、ハルツがいたせいなんだっ‼』
と叫び暴れたが、看守はディルツの戯言に取り合うことはなかった。
事務的な手つきで牢の鍵をかけ、無言で仕事をこなしたのだった。

「ふふ、美しい君。こうして二人きりで話すのは、ずいぶんと久しぶりな気がするね」
甘ったるい声で、ルシードがフィオーラへと語りかけてきた。
ここは王宮の奥庭の一角に設けられた東屋だ。
ルシードに手紙を出し、足を運んでもらったのだった。

「……ルシード様とこうして落ち着いて話すのは、これが初めてだと思うのですが……」

それに、と。

フィオーラは背後を振り返った。

そこにはいつものごとく、アルムが付き従っており、決して二人きりではないのだ。

アルムは美しい顔に感情の色を乗せることなく、無言でルシードへ瞳を向けていた。

「そこはほら、言葉の綾と言うやつさ。私の瞳には君しか映っていなくて、君も私しか目に入らないんだ。これ即ち、二人きりの世界と言えるんじゃないかい？」

今日も今日とて、ルシードはどこまでもキザだった。

しかしその瞳に熱がないことを、フィオーラは理解している。

「ルシード殿下、無理にそのような、甘い言葉を使わなくてもいいと思います」

「美しい君に触れて、自然と湧き出す言葉さ……。と言っても、君は信じてくれないだろうね」

器用に片頬を持ち上げ、ルシードが笑みを浮かべた。

性格に難がありそうな、人相の悪い表情だが、こちらの方が素に近い気がした。

「あぁそうさ。心にもない言葉だよ。私は美しい女性が好きだが、それはあと腐れのない女性限定だ。君のようなめんどくささを極めた女性は対象外だよ」

「めんどくささを極めた女性……」

「あ、言っておくけど、君が悪いわけじゃないからね？　君の周りにいる存在、たとえばそこの、虫けらを見るような目でこちらを睨んでいる世界樹殿みたいな相手がいる女性は、くどくまいと心に決めているんだよ」

ははは、とルシードが頭をかいて笑っていた。

「でも私、自信なくしちゃうな。君、最初から私の言葉に、全く惑わされてくれなかっただろう？」

「……ルシード殿下の目が、笑っていませんでしたから」

「いやいや、普通それ気づかないって。無理だからな？」

ルシードが首を振っていた。

「私はこの通り顔がいいだろう？　だからたいてい、女性はころっと落ちてくれるんだけど……。君には通用しなかったみたいだな。近くにそんな顔のいい世界樹殿がいるんだから、当然かもしれないけどな」

「…………」

ルシードのからかいに、フィオーラは口を噤んだ。

アルムが美しい容姿をしているのは、フィオーラもよく知っている。

知っているが、どうにも照れくさくて、ルシードの言葉に頷けないのだった。

「……と、まぁ。世界樹殿の視線が冷たいし、ふざけるのはここまでにしておこう。今日ここに、私を呼び出した理由を聞かせてもらおうか」

「……謝罪したいことがあるからです」

居住まいを正し、フィオーラは唇を開いた。

「私は途中まで、ルシード殿下がエミリオ殿下を誘拐したと思っていました」

「疑われて当然の立ち位置だったからな」

「ですが、ルシード殿下は犯人ではなかったんです。疑って申し訳ありませんでした」

フィオーラが頭を下げると、ルシードは頭をかいた。

「律儀だな。それだけのために、わざわざここへやってきたのかい？」

「……他にもいくつか、お尋ねしたいことがございます」

「いいよ。許す。話してみるといい」

ルシードの言葉に促(うなが)され、フィオーラは疑問をぶつけた。

「ルシード殿下は、エミリオ殿下のことを可愛(かわい)がっていますよね？」

「なぜそう思うんだい？」

「エミリオ殿下が、ルシード殿下に懐(なつ)かれていたからです」

エミリオは母方の親戚であるディルツに対しては、大人しく行儀よく振る舞っていた。

一方、ルシードとは政敵ともいえる間柄であり、事実ルシードへの当たりも強かったが、あれはある種の甘えだ。

（エミリオ殿下はルシード殿下に懐いているからこそ、口が悪くなっていたのよ）

きっとルシードの方も、エミリオを可愛がっているからこその関係だ。

「ルシード殿下が、王宮の奥庭までやってきたのも。エミリオ殿下と話しにいらっしゃるためだったんですよね？　ルシード殿下とエミリオ殿下は、表向きは政敵の関係です。王族以外の立ち入りが制限され、取り巻きの貴族が入ってこられない奥庭だからこそ、気安くエミリオ殿下にかまうことができたんだと思います」

フィオーラも初めは、アルムの主である自分の顔を見るために、ルシードがやってくるのだと思っていた。だが本当は逆で、ルシードにとってはエミリオに会うことこそが本命。

フィオーラに会ったのは、ついでのおまけのようなものだった。

「鋭いな。君には全部お見通しか……」

降参とばかりに、ルシードが両手を上げていた。

「そうだよ。私はエミリオをかまっているし、エミリオも私に懐いている。エミリオは母親を亡くし一人ぼっちだから、つい気になってしまうんだ」

「弟思いなんですね」

「そんな立派なものじゃないさ。セオドア兄上とは昔から気が合わなかったし、他の異母兄弟とも同様だ。エミリオくらいしか、からかえる相手がいなかったからな」

ルシードは否定するが、弟思いなのは間違いないようだ。

フィオーラは微笑(ほほえ)みつつ、更に質問を重ねた。

「エミリオ殿下誘拐の疑いをかけられた際、ルシード殿下が濡(ぬ)れ衣(ぎぬ)をはらそうとしなかったのは、下手に騒いで真犯人を刺激(しげき)することで、エミリオ殿下が害されることを恐れたんじゃないでしょうか？　だとしたら、とても弟思いだと思います」

「……そんな綺麗な感情じゃないよ」

ルシードが皮肉気に笑った。

「私はね、ちょうどいいと思ったんだ」

「……何がでしょうか？」

「あのまま濡れ衣を着せられれば、私は王位継承争いから脱落(だつらく)していただろう？　そうなることを、私も望んでいたんだよ」

「……ルシード殿下は王太子の座を望んでいないのですか？」

「望んでいたよ。昔はね」

ルシードの瞳が、遠く過去を覗き込むように揺れている。

「あの頃は私も、それなりに勉強やあれこれを頑張っていたさ。けどそんなものに意味はなくて、王太子に選ばれたのはセオドア兄上だった。……仕方ないから諦めて、自分なりに折り合いをつけることに成功して……。なのにセオドア兄上が廃太子になったからって、また王太子の座を目指してくれって言われたら、ふざけるなと言いたくもなるだろう？」

どうやらそれこそが、ルシードが奔放な振る舞いを改めない理由でもあるようだった。

「……だから私は、今更王太子の位などいらなかったし、エミリオに大きな怪我がなければそれでいいと思ったんだ。……思っていたんだが……」

なかなか、そううまくはいかないよなぁ、と。

ルシードがおどけてため息をついていた。

(幸運にも、エミリオ殿下は無事だったけれど……。この先、エミリオ殿下が王太子になる可能性は低そうよね)

エミリオの母方の実家である、シュタルスタット公爵家の当主・ディルツが投獄されたのだ。

母方実家の力が弱くまだ幼いエミリオより、ルシードが王太子に推されるのが自然だ。

「あぁ本当、めんどくさくて構わないよ。王太子の位など投げ出してしまいたいが、エミリオに押し付けるわけにもいかないだろう？」

諦めたように、あるいは吹っ切れたように。

ルシードが肩(かた)をすくめ言葉を紡(つむ)いだ。

「大きな力を持ったって、面倒(めんどう)ごとが増えるばかりだよ。フィオーラ殿なら、私の気持ちがわかるんじゃないかな？」

「……私は……」

どう答えるべきか考えたフィオーラは、アルムを振り返った。

「……私も時々、自分が持つ力が恐ろしくなることはあります。でも、アルムがいてくれるから、いつも私を助けてくれるから、たとえ面倒ごとが増えたとしても、大丈夫なんだと思います」

「……フィオーラ……」

感謝を伝えるフィオーラに対し、珍しくアルムの目が大きく揺らいでいた。

緑の瞳を揺らめかせ、フィオーラへと手を伸ばそうとしたところで、

「あーあーあー。もうそこまでにしてくれよ。続きは二人きりの時にやってくれないか？」

砂糖をとりすぎたような顔をして、ルシードがうめき声をあげたのだった。

「もう、あの王子様。顔はいいけど嘘つきで、賢(かしこ)いのにダメ人間だったわね」
ルシードと別れた後、モモがあけすけな人物評を呟(つぶや)いていた。
フィオーラは肩の上のモモを撫でながら、アルムと共に奥庭を歩いているところだ。
「でもルシード殿下ならなんとなく、いい王様になってくれると思います。弟思いで情のある、聡(そう)

明な方のようでしたから」

「……それについては同意するわ」

モモがふんふんと鼻を鳴らしていた。

「……あの王子様はちょっとだけ、あの人に似ているものね」

「あの人？」

フィオーラが尋ねると、モモが顔を背けた。

「何でもないわ。ちょっとこの辺りを散歩してくるから、帰る時には呼びなさいよ」

言い捨てると、両腕を広げ飛んでいってしまった。

本物のモモンガは飛び立った地点より上空にはいけないらしいが、モモは精霊だった。

樹歌を使いこなし風を生み出し、気ままに空の散歩をたのしんでいるようだ。

「……こうして遠目で見ると、本当に空飛ぶハンカチみたいですね」

「ちょっと、今私のこと何か言った？」

上空からモモの声が響いた。

遠くの音まで、よく聞こえる耳を持っているようだ。

フィオーラはモモへと手を振ると、アルムとイズーと一緒に歩き出した。

向かう先にはティグルと、エミリオが待ち構えている。

「こんにちは、エミリオ殿下。お体のお加減はいかがですか？」

「問題ない。もう元気たっぷりだぞ」

ぐるぐると、エミリオが腕を大きく回している。

どこにも怪我や、体の不調はないようだった。

今日で、誘拐事件の解決から十日だ。エミリオは監禁により衰弱し寝込み、フィオーラは後始末に忙しかったため、顔を合わせるのもちょうど十日ぶりだった。

(思っていたより、お元気そうで良かったわ)

フィオーラは淡く微笑んだ。

エミリオに会えて嬉しいが、今日は楽しいことばかりとはいかなかった。

エミリオと共にティグルと戯れつつ、話を切り出す時をうかがった。

「なぁ、フィオーラ」

二人でティグルの背中で揺られていると、前に座ったエミリオが話しかけてきた。

表情は見えないが、まっすぐ前を見ているのがわかった。

「フィオーラもティグル様も、明日王都から出ていくんだろう?」

「……ご存じでしたか」

フィオーラの方から、話そうとしていた事実だ。

エミリオ誘拐事件の影響で、ティグルの出立は後ろ倒しになっている。

フィオーラがこの国に長く留まりすぎるのも望ましくないということで、明日ティグルと一緒に、この地を発つ予定だった。

(殿下、また泣いてしまうかしら……)

かつて別れを告げた時のエミリオを思い出し、フィオーラの胸が痛んだ。

「今日ここに来たのは、エミリオ殿下にお別れの挨拶をするためでもあるんです」

「……あぁ、知っていたよ」

フィオーラが予想していたよりもずっと、エミリオは落ち着いた声をしている。

エミリオの表情が見えずやきもきしていると、胸にこつりと頭があたった。

「……誘拐された時、フィオーラが助けに来てくれて、僕を置き去りにしないって、そう言ってくれて……すごく嬉しかったんだ」

少し声を上ずらせながらも、エミリオは言葉を濁すことなく言い切った。

耳が赤くなっているのを、フィオーラはそっと見ないふりをしてあげる。

「フィオーラにはどこにも行かないでほしいけど……。でも、これでもう二度と、会えなくなるわけじゃないんだよな？」

「はい。……いつになるか約束はできませんが、また殿下に、会いにきたいと思います」

フィオーラが答えると、エミリオが小さく頷いた。

「……しょうがないから、それで許してやるよ。僕は大人の男だから、それくらい我慢できるからな」

「ふふ、ありがとうございます。私もまたエミリオ殿下にお会いする日を、楽しみにしていますね」

精一杯背伸びをするエミリオに、フィオーラは唇を緩めた。

（次に出会う時には、エミリオ殿下はどんな風に成長しているのかしら）

想像すると、少し楽しくなってきた。

「さよなら、フィオーラ。次に会った時には、あっと言わせて、目をくぎ付けにしてやるから……。だから覚悟して、絶対に帰ってきてくれ」

涙を見せることなくそう告げた、エミリオの奮闘(ふんとう)を讃(たた)えるように、

「ひひんっ‼」

ティグルが一声、いななきを上げたのだった。

3章　砂漠の王と孔雀の精霊

翌朝、フィオーラはティグルの旅立ちを見送ると、自らも馬車へと向かった。

「フィオーラ様、アルム様、こちらの馬車へ。荷物は既（すで）に積み込（こ）んであります」

「ハルツ様、ありがとうございます」

ハルツの先導に従い、用意されていた馬車に乗り込んだ。

今回の旅には、ハルツも同行することになっている。

気心が知れ、世慣れしているハルツの存在は、フィオーラにはとてもありがたかった。

「あらあら、いいクッション使っているじゃない」

馬車の長椅子（ながいす）の上でさっそく、モモが体を伸（の）ばし寛（くつろ）いでいた。

長椅子には振動（しんどう）軽減のため、何本ものバネが埋（う）められている。

弾力（だんりょく）のある座面が面白（おもしろ）いのか、イズーが跳（は）ねまわっていた。

「きゅいっ!!　きゅきゅきゅきゅきゅっ!!」

ぴょんと飛び跳ねたイズーを膝（ひざ）の上で受け止めると、車輪が動き始めた。

（これから、私の新しい日常が始まるのね……）

当分の間フィオーラは、旅の身の上になるのだ。

行く先に何が待ち構えているのか、車輪の音を聞きながら思いを馳せていく。

――フィオーラたちの旅の最終目的地は、世界樹を擁するアルカシア皇国だ。

その途中でいくつかの国に滞在し、樹歌を歌ってくれと頼まれていた。

（まずはこのティーディシア王国を出て、その後は東へ向かって……）

フィオーラは頭の中に地図を思い浮かべた。

正確な地図は軍事機密として秘されているが、各国に支部を持つ教団は、それなりの精度の地図を持っている。

ハルツが教えてくれた道のりを、フィオーラは地図と重ね合わせたのだった。

フィオーラたちの旅は、おおむね順調だった。

立ち寄った各地で樹歌を歌い、衛樹の力を強めていく。

時に黒の獣の退治を行い、人々に感謝されながら、馬車の一群は進んでいった。

「――進路を変更したい、ですか？」

野営用の天幕の入り口で、フィオーラはハルツから相談を受けていた。

「はい。この先にある街道ではここのところ、土砂崩れが頻発しているようなんです」

「……そんなに危険な街道でしたっけ？」

急ごしらえの地理の知識を思い出しながら、フィオーラはハルツへと尋ねた。

「例年通りであれば、雪崩の危険のある春先以外は安全なはずです。ただ今年は雨の降り方が悪いのか山の機嫌が悪いのか、大規模な土砂崩れが多く注意喚起がされているようです」

「そんなに危険なのですか……」

フィオーラはアルムを振り返った。

「アルムと私の力で、土砂崩れを食い止めながら進むことはできませんか？」

「可能だけど、おすすめはしないかな」

アルムがぐるりと、野営する一団を見やった。

馬車は十台を超え、二十人以上の人間が、おのおの安全な野営のために働いている。

「これだけの大所帯なんだ。土砂崩れの本流を止めフィオーラを守っている間に、誰かが運悪く巻き込まれるかもしれない」

アルムの力は巨大だが、基本的に彼の興味は、フィオーラ一人に向けられている。

周りの人間すべての生死までは、保証できないようだった。

「……わかりました。でしたらここは、迂回する進路でお願いしますね」

「はい、そのようにいたしますね。迂回先にあるサハルダ王国にも、先ぶれを出しておきます」

サハルダ王国。

国土の大部分を砂漠に覆われた国だ。砂と共存してきたお国柄のため、フィオーラの生まれ育ったテーディシア王国とは、文化も大きく異なっているらしい。

（砂漠をこの目で見られるのね）

フィオーラはわくわくとしていた。

昔、生前の母が語ってくれたお気に入りの物語に、砂漠が登場したのだ。

冒険家である主人公が仲間と共に、砂漠に埋もれた宝を探す物語だった。

（……アルムの名前も、その主役の冒険家から採っているのよね）

アルムトゥリウス。

舌を噛みそうなため、普段は愛称で呼んでいるアルムの本名であり、冒険家の名前でもあった。

（まさかアルムと、物語の舞台の一つの砂漠を訪れることになるなんて……）

人生、何が起こるかわからないなと思いながら、フィオーラは胸をときめかせたのだった。

迂回路を取り、国境を越えてからしばらくして。

フィオーラは馬車の中から、じっと外の風景を眺めていた。

（想像していたのと、少し違うのよね……）

窓の外に広がるのは、岩、石、岩、岩、岩、そして時々砂地だ。

一面に砂が広がる風景を思い描いていたフィオーラの想像とは、やや様子が異なっていた。

（砂漠と一口に言っても、色々な種類があるのね）

サハルダ王国の砂漠の多くを占めるのは、岩石を主体とした砂漠、岩石砂漠という種類らしい。

馬車から見ている分には、草木の生えない山、といった風景だった。

少し落胆したフィオーラだったが、サハルダ王国に入ってから三日目、王都へ近づくにつれ、瞳を輝かせていった。

「わぁ……」

馬車から降りると、遮るもののない強い日差しが降り注いだ。

周囲を見渡すと、一面に広がる砂の海。

赤味を帯びた茶色の、粒子の細かい砂がなだらかな丘陵をなし、視界の果てまで広がっていた。

(すごい！　どこを見ても砂！　砂ばっかりよ！)

物語の中で語られた光景を前に、フィオーラは上機嫌だった。

砂に手を突っ込み感触を楽しんでいると、背後からうめき声があがった。

「あ〜〜つ〜〜い〜〜〜」

「きゅぅぅ……」

イズーとモモがへばっている。

全身を毛皮に包まれているため、人間より暑さに弱いのかもしれない。

「あんた、よくこの熱気の中ではしゃげるわね……。頭の中砂漠なんじゃないの？」

モモの毒舌も、暑さのためか切れ味が鈍っている。

よろよろと立ち上がると、アルムの肩へと飛び乗った。

「あぁ、ここね。やっぱりここが涼しいわ」

「……あまりくっつかないでほしいんだが」

首筋に体をもたれかけるモモを、アルムがうっとうしがっていた。

(アルムの傍は、いつも心地いいものね)

世界樹の化身であるせいか、アルムの周囲には基本的に、暑くも寒くもない空気がとどまっている。灼熱の太陽が照り付ける中、モモにとってアルムは、オアシスのような存在だった。

「モモ、君だって自分で樹歌を使って、風を生み出すことができるだろう?」

「あれ、ずっとやってると疲れるのよ」

尻尾をはためかせた風を顔に当てながら、モモが気持ちよさそうな顔をしていた。

よっぽど今まで、暑さが堪えていたようだ。

(……風を生み出すの、私にもできるかしら?)

フィオーラはアルムから、いくつもの樹歌を教わっている。

世界樹に由来する力のため、植物や地面に働きかけるのはやりやすいが、風や光といった、形のないものを操るのはまだ苦手だ。

「《舞い遊ぶ風の子、見えざる腕よ――》」

樹歌を唇に乗せ、フィオーラは風を生み出した。

ここまではいつも通り。

上手くいったのだが――

「あっ……」

くるくると見えざる螺旋を描き、風が解け消えていった。

まだまだフィオーラでは、制御に難があるようだ。

フィオーラがため息をつくと、アルムが唇を開いた。

「うん、今のは悪くないよ。この前やった時より、上達しているようだね」

「……何か、コツとかはあるんでしょうか？」

「そうだね……。あまり考えたことはなかったけれど……」

風の消えた場所を見上げ、アルムがぽつりと呟（つぶや）いた。

「マナに目を向けることかな」

「……マナ？」

聞きなれない言葉に、フィオーラは首を傾（かし）げた。

「マナとはなんなのですか？」

「普通、人間には見えない光の集合体さ。世界を還流（かんりゅう）する命の集まり。僕（ぼく）の主（あるじ）であるフィオーラなら、じきに見えるようになるはずさ」

「そうですか……」

アルムの見つめる先に、フィオーラは目を凝（こ）らした。

当然だがそこには、ただ青い空が広がっているだけである。

「そう焦（あせ）らなくても大丈夫（だいじょうぶ）だよ。樹歌の練習を続ければ、ある日パッと視界が開けるように、マナが見えるようになるさ」

アルムの言葉に、フィオーラは小さく笑（え）みを浮かべた。

（アルムの見ているものならきっと、美しいものなんだろうな……）

いつか光り輝くマナをこの目で見る日のことを、フィオーラは楽しみにするのだった。

サハルダ王国の王都は、オアシスのほとりに築かれた都市だ。

石積みの建物が立ち並び、たまねぎのような形の屋根が、青空へといくつも聳えたっている。

路上には屋台が出ていて、色とりどりの布や果物が並べられていた。道行く獣はラクダと馬が半々で、女性は日よけのヴェールを被り歩いている。

異国情緒あふれる町並みだったが、フィオーラは馬車の中で首を傾げた。

（なんとなく、町に活気がないような……？）

文化の違いかもしれないが、待ちゆく人々に笑顔が少ない気がした。

気になって窓の外を観察していると、馬車はやがて一際大きな建築群へ、王宮へと進んでいった。

「フィオーラ殿、アルム殿。あなた方の来訪を歓迎しよう」

一行を出迎えたのは国王のジャシルだった。

すらりとした長身で肌は褐色。年齢は二十八歳だと聞いている。

髪は艶やかな黒で、前髪を垂らし、後ろは首でゆるやかにくくっている。顔立ちは彫りが深く端整で、切れ長の瞳にはどこか愁いを帯びた光が宿っているようにも見えた。服装は鮮やかな柄入りの布を重ねたこの国特有の衣装で、胸元や手首では、金の装身具が輝いていた。

「到着したばかりで悪いが、ぜひ見てもらいたいものがある。時間は空いているか？」

フィオーラがハルツを視線で見ると、小さく目礼を返された。

「はい、大丈夫です。お力になれるかはわかりませんが、拝見させていただきたいと思います」

フィオーラたちが案内されたのは王宮の一角。

静かな水音が響く、中庭のような場所だ。白い石で作られた噴水があり、床には透明な水をたたえた水路が引かれている。

「これは……」

思わずフィオーラは、うめき声を漏らしそうになった。

中庭の奥にあるのは、この国唯一の精霊樹だ。

背丈こそ高いが幹はやせ細り、あちこちにひび割れが走っていた。

（かなり弱っているわ……）

フィオーラは旅の途中で、何本もの弱った衛樹や精霊樹を見てきた。

葉が落ちていたり、幹が傾いていたりと状態は様々だったが、目の前にある精霊樹は、今まで見てきたどの木より、状態が悪そうに見えた。

「……予想より、精霊樹の状態は良いようだね」

フィオーラだけに聞こえるよう、アルムが呟きを落とした。

「この見た目で、ですか？」

「あぁ、そうだよ。以前教えただろう？　精霊樹や衛樹にも、苦手な場所はあるんだ」

不思議な力を宿そうとも、精霊樹も衛樹も本質は木だった。

大元の世界樹が健在であれば周りが過酷な環境であっても問題ないが、世界樹の力が弱まった今、砂漠や氷雪地帯といった地に生える衛樹は、衰弱が早く訪れると予想されていた。

フィオーラが知識を思い出していると、アルムが視線を右に流した。

「ここの主がやってきたようだ」

「鳥の精霊……？」

フィオーラには馴染みのない、鳥の姿をした精霊だった。

体が大きく、立派な尾羽を従えている。

青から緑へと光沢を浮かべた羽が美しく、細長い首の先の頭部には飾り羽が揺れていた。

「孔雀の姿を模した精霊だね」

「孔雀……。綺麗な鳥なんですね」

言いつつもフィオーラは、ざわつきを覚えていた。

孔雀の精霊を見ていると、その輪郭が揺らぐような違和感があるのだった。

「紹介しよう。こいつは長年わが王国を守護してくれている、国の守り神と言ってもいい精霊だ」

国王ジャシルが、精霊の首に手を当てながら紹介をした。

孔雀の精霊に嫌がる様子はなく、優美な長い首を、ジャシルの褐色の腕にもたせかけている。

（仲がいいのね……）

若き国王と守り神である精霊。

まるで一幅の絵画のような、美しく似合いの一組だった。

「フィオーラ殿は樹歌を奏（かな）でることで、精霊樹の力を復活させることができると聞いている。ぜひその奇跡（きせき）の力を、この地でも使ってくれないか？」

　フィオーラはこくりと頷（うなず）いた。

　この旅は世界樹の元へ向かうのと同時に、力の弱まった各地の衛樹や精霊樹に、樹歌を奏でてまわる旅でもあった。

　深呼吸し心身を整え、樹歌を口にしようとすると、アルムが手で制してくる。

　今までにはなかったことだ。

「アルム？」

「待ってくれ。樹歌を奏でる前に、確認（かくにん）しておきたいことがある」

「何だ？　言ってみるといい」

　ジャシルの催促（さいそく）を受け、アルムの視線がジャシルへの傍（かたわ）らの、孔雀の精霊へと向かった。

「樹歌を奏でると、その精霊は消えることになるけど、それでいいんだね？」

「……なんだと？」

　一瞬（いっしゅん）にして、冷ややかさを感じさせるほどに。

　ジャシルの声が低くなった。

「笑えない冗談（じょうだん）はよしてくれ」

「ふざけてなんかいないさ。精霊を見てみるといい」

「………」

　ジャシルの傍らで、孔雀の精霊はじっと彼を見つめていた。

アルムとジャシルを交互に見て、頭を上下に一度振った。

「……彼の言っていることは、嘘ではないのか……？」

再び、精霊は首を振り頷いた。

飾り羽が揺れるも、ジャシルへと向けられた瞳は揺らがなかった。

「おまえ、消えてしまうのか……？」

ジャシルの問いかけに、人の言葉を持たない孔雀の精霊は、ただじっと彼を見つめている。

黒々とした瞳には、どこか迷い子のような表情を浮かべたジャシルが映っていた。

「残念ながら、そうなってしまうだろうね。樹歌を奏でたら間違いなく、その精霊は消えることになる。そこの精霊樹と、深く繋がっているからね」

孔雀の精霊の代弁をし断言するアルムへ、フィオーラは疑問を感じた。

「アルム、なぜなのですか？　今まで樹歌を奏でると精霊樹の力は強まり、精霊様たちも元気になっていましたよね？」

「それは彼らに、生きる力があったからだよ」

マナの器、と言い換えることもできるね、と。

アルムがフィオーラにだけ聞こえるように呟いた。

「樹歌の本質というのはね、命の流れを感じ寄り添い、整えることにあるんだ」

「寄り添って整える……」

「そうさ。樹歌を奏でる対象の命の流れを理解し寄り添うことで、ある程度その在り方を望みの方向へ導き、君たち人間の目には、奇跡と映るような現象を起こすことはできるさ。……けどだからと言って、何でもできるわけじゃないんだ。流れを無視し、逆流させるようなことはできないし、やってはいけないことなんだよ」

当たり前のことを語るようにして。

人間では理解の及ばない理を、アルムが語りあげていく。

「今までフィオーラが出会った精霊たちは、一時的に弱っていただけだった。風邪を引いたり、食べ物が足りなくて弱っていたようなものさ。そこに樹歌を奏でてやれば、淀んでいた流れが正しく廻り、不足していた栄養が補われるようにして、精霊は本来の姿を取り戻したんだよ」

「……待て」

滔々と語るアルムへ、ジャシルが声を上げた。

「樹歌を奏でた結果、本来の姿を取り戻すということは、つまりこいつは……」

「本来なら、もう消えていたはずの精霊だよ」

「そんな……」

残酷な事実に、フィオーラは孔雀の精霊を見つめた。

光沢を孕んだ羽毛が美しく、青みがかった緑の体はとても、衰弱しているようには見えなかったが、

（……でもやっぱり、違和感があるわ。じっと見ていると輪郭が、存在そのものが揺らいでいるように感じる時がある……）

アルムの瞳には、フィオーラの感じている違和感よりはっきりと、精霊の変調が映っているのかもしれない。

「その精霊は人間風に言うならば、思いの力一つで、ぎりぎり存在を維持している状態さ。精霊だって、永遠に生きる存在ではないんだ。無茶をすれば命がすり減るし、いつかは必ず消える定めだよ」

アルムの言葉に、フィオーラは肩の上へ手をやった。

「きゅい？」

手に触れる、柔らかなイズーのぬくもり。

精霊であるイズーの寿命を考えたことはなかったが、いつかはこの小さな体も、消えることになるのだ。フィオーラより長く生きるのかもしれないが、それでも決して、不滅の存在ではないということだった。

「こいつが消える……。だが、そんなのはおかしいはずだ」

瞳を細め、ジャシルが低い声を出した。

「精霊にも命数が、寿命があることはうちの王家にも伝えられている。だがこいつは、あと百年以上、寿命が残っていると伝えられているぞ？」

「……君の祖先がどのような知識を残したかはわからないが、今ここにいるその精霊に、命数が残されていないのは確かだよ」

おそらくだけど、と。

アルムは前置きをして、弱り切った精霊樹を指さした。

「その精霊は精霊樹が枯れないよう、自らの力で守っていたんだろうね。そのせいで想定より早く、限界がきたのかもしれない」

「精霊樹を守るために……」

ジャシルは呟くと、それきり黙り込んでしまった。

精霊樹は黒の獣を遠ざける要だ。孔雀の精霊が自らの命をすり減らしてまで、国を守っていてくれたのに気づいたのだ。

「……今、僕が話した事実を受け入れて、それで選択してくれ。僕とフィオーラは、そう長くこの国に滞在することはできないんだ。僕らがこの国を出るまでに、君とその精霊で、道を選んでおいてくれ」

フィオーラはジャシルの元から下がると、与えられた客室へと向かった。

大きく窓が取られ、日よけの布がかけられた、風通しの良さそうな部屋だ。

「先ほどは驚きました……」

寝台に腰をかけ、フィオーラはアルムを見上げた。

「……あの精霊が消えるところは、あまり見たくないですね……」

ジャシルは孔雀の精霊のことを、大切にしているように見えた。

きっとフィオーラにとってのイズーのようなもので、亡くなればジャシルが深く悲しむはずだ。

フィオーラの懸念を感じ取ったのか、アルムは少し迷うようにしてから口を開いた。

「……ジャシルはきっと、あの精霊が消えることになっても、樹歌を望むと思うよ。彼は王だし、何よりたとえここで樹歌を拒(こば)んだとしても、あの精霊はそう長くはもたないからね」

「具体的に言うと、どれくらいですか？」

「一年か五年か。それはわからないけど、十年を超えないのは間違いないよ」

「十年……。それは、十分長いと思います」

千年を生きるアルムの感覚では、十年もほんの数日程度に感じるのかもしれない。

だが人間にとっての十年は長く、大きな価値を持っていた。

人間であるフィオーラとアルムの違いを、改めて思い知らされる瞬間だった。

「……私が樹歌を奏でなかった場合、どうなるんですか？」

「こちらはもっと切実さ。もう一年もせずに、精霊樹は枯れるだろうね。あの精霊が力を割(さ)いて守ろうとしていたとはいえ、今はその精霊からの力の供給もなくなっている。大本の先代世界樹からの力も細っている以上、精霊樹も弱る一方で限界だよ」

「難しいですね……」

フィオーラの奏でる樹歌は精霊樹にとって、水や栄養をやるような効果があるらしい。

しかし同時に、滞(とどこお)っていた流れを正す作用もあるのだ。

孔雀の精霊は、この国の精霊樹と深く結びついている存在だ。

そして孔雀の精霊の命数が尽(つ)きている以上、精霊樹を通して樹歌の影響(えいきょう)を受けた場合、流れが正しく還(かえ)り、精霊は消えてしまうらしかった。

(でも、精霊樹が枯れたら、この国は酷(ひど)いことになってしまうわ)

精霊樹はそこにあるだけで、黒の獣を退ける力を持っている。

また、周囲の環境を整える力も持つため、砂漠にオアシスを作る効果もあるらしい。

もしこの国の精霊樹が枯れた場合、人間にも大きな影響が出るのは避けられなかった。

孔雀の精霊が消えてしまったとしても、精霊樹が健在であれば新たな精霊が生まれ、王国の守り神となってくれるはずだ。

（……確かにアルムの言う通り、国のことを考えたら、私の樹歌を拒む選択肢はないはずだけど）

ジャシルはどうするのだろうと呟いて。

フィオーラは長椅子に身を預けたのだった。

「夜は冷え込むのよね……」

指先を丸め、フィオーラは息を吹きかけた。

砂漠は、人が生きるには過酷な環境だ。

昼間は遮るものもなく日差しが照り付け、夜になれば反対に、容赦なく気温が下がっていく。

フィオーラの故郷の冬ほどの低気温ではないが、日中の暑さからの落差に、くしゃみが出そうだった。

（眠れない……）

慣れない環境のせいか、昼間に精霊の寿命について聞いたせいなのか。

フィオーラにしては珍しく、その晩は寝つきが悪かった。

（私とは反対に、アルムはよく眠っているわ）

毎日の睡眠（すいみん）は不要なアルムだが、それでも定期的に、意識を休める必要はあった。

眠るアルムを起こさないようにして寝台を下りると、イズーが駆（か）け寄ってくる。

「きゅきゅっ？」

「イズー、静かにね」

頭を撫（な）でてやると、イズーが無言で体をすり寄せてきた。

夜になり気温が下がったことで、イズーは生き生きとしている。

（イズーの目が冴（さ）えているからこそ、アルムも安心して眠っているのよね）

イズーは、フィオーラにとっての護衛でもある。

肩に乗せたまま、音を立てないようにして歩き寝室の扉（とびら）を開いた。

王宮の中であれば、自由に出歩いていいと許可を受けている。

イズーを共に、少し夜の散歩をすることにした。

（星が綺麗ね……）

天窓からのぞくのは、砂金をちりばめたような星空だ。

砂漠には雲がなく空気が澄（す）んでいるため、星が遮られることがないのだった。

廊下（ろうか）に立つ衛兵に軽く会釈（えしゃく）をしながら、夜の王宮を歩いていく。

幾何学（きかがく）模様の浮彫（うきぼり）の施（ほどこ）された飾り窓に、植物の柄が織り出されたタペストリー。

フィオーラの故郷とは異なる文化の品々を眺め歩いていると、水音が聞こえてくる。中庭にたどり着いたようだ。

（あ……）

中庭には先客がいた。

引きずるほどに長い、美しい尾羽を持つ孔雀の精霊と、傍らに寄り添うジャシルだ。

星明かりを受け、一人と一羽の姿が、中庭に淡い影を落としていた。

「おまえは……いや、失礼した。フィオーラ殿か」

ジャシルの方も、フィオーラに気づいたようだ。

フィオーラは礼をすると、回廊から中庭へと下りていった。

「ジャシル陛下も、眠れないのでしょうか？」

「……考え事をしていた」

ジャシルの褐色の腕が、孔雀の精霊の背中を撫でている。

「考え事がある時はいつもクリューエルの……失礼、こいつの近くでしているからな」

「精霊様のことを、クリューエルと呼んでらっしゃるのですか？」

「……忘れてくれ。精霊に名前を付けるなど、畏れ多い行為だからな」

「これ程仲がよろしいなら、名前を付けるのも自然なことだと思います」

近くで過ごすならば、いつまでもただの精霊呼びでは味気ないはずだ。

つい、名前を付けてしまう気持ちは、フィオーラにもよくわかっている。

ジャシルにも、クリューエルへの名付けを、フィオーラに責める気がないことは伝わったようだ。

安堵した様子で、クリューエルの顎の下を優しく撫でていた。

「……孔雀の精霊様と、よく親しんでいるのですね」

「長い付き合いだからな」

まなじりを和らげ、ジャシルが小さく笑みを浮かべた。

「こいつは黒の獣の退治の時以外は、王宮で暮らしているんだ。水を生み出す力を使って、王都に恵みをもたらしてくれている。そして気が向くと、人間の様子を見に来るんだ」

「ジャシル陛下の元にも、よくやってくるのですか？」

「あぁ、そうだ」

ジャシルが肯定すると、クリューエルが長い首を頷かせた。よく息が合っているようだ。

「私が生まれるずっと前から、クリューエルは王宮にいたんだ。私が幼い頃は気まぐれで遊び相手になってくれたし、今でもこうやって、傍にいてくれるからな」

「……大切な存在なんですね」

ジャシルは多くを語らなかったが、孔雀の精霊との間に、積み重ねられたたくさんの思い出があるようだ。

その証拠に孔雀の精霊は、多くの精霊から好かれやすいフィオーラではなく、今もジャシルの傍を選び羽を休めていた。

「私には家族も忠臣も国民たちもいてくれたが……。それでも、クリューエルは特別な存在だ。人間ではないこいつに、人間相手以上の思いを抱く私は滑稽に見えるかもしれないが――」

「そんなことないと思います」

ジャシルの言葉を遮るように、フィオーラは声を発していた。

「相手が精霊様で人間じゃないとしても、大切に思うことはおかしくないと……そう思います……」

途中から、フィオーラの声が小さくなっていった。

アルムのことを、思い出したからだった。

（私だってアルムのことを、特別に思っているもの……）

もはや誤魔化せない程に、フィオーラのアルムへの思いは大きくなっている。

人間と精霊。種族の違いがあろうとも繋がる絆はあるのだと、そう信じたかった。

「……そうか。フィオーラ殿は、そう言ってくれるのだな」

ジャシルは小声で呟くと、すいと立ち上がった。

「今日はもう遅い。夜更かしをしては明日に響くから、そろそろ帰った方がいい」

「……お休みなさい」

フィオーラが頭を下げ去っていくのを、クリューエルとジャシルが見守っていたのだった。

「フィオーラ様には、この国の南部に向かっていただきたいと思います」

翌朝、フィオーラがアルムと朝食をとっていると、ハルツが予定を告げにやってきた。

「南部にある衛樹の力が弱まり、黒の獣の被害が増えているそうです。樹歌をお願いできますか？」

「わかりました」

フィオーラとしても異論はなかった。

ジャシルとクリューエルの様子が気になるが、この国の滞在期間は限られている。

時間を無駄にすることなく、自身の力を役立てていきたいところだ。

朝食を終えると身支度を整え、アルムと共に馬車へ向かった。

「フィオーラ様、よくお越しくださいました。片道だけですが、本日は私どもも、同行させていただきますね」

そう言って頭を下げたのは、この国の兵を率いる隊長だ。

フィオーラたちにつけられた護衛であると同時に、フィオーラの庇護を期待しての同行だった。

（私とアルムと一緒にいれば、黒の獣を恐れなくてもいいものね）

黒の獣は、通常の武器では致命打を与えることができなかった。

剣で斬れば形が崩れるが、しばらくすると黒いもやが集まり、復活してしまうのだ。

それだけでも厄介なのに、黒の獣につけられた傷はとても治りにくい。

かすり傷であっても長く残り、完全に治すには、特別な樹具を扱える治癒師の助けが必要だった。

（……サイラスさん、元気にしているかしら）

故郷で出会った治癒師の青年は、今頃どうしているだろうか？

すぎるほどに真面目で、熱心に治癒の力を振るっていたから、過労で倒れていないか心配になるのだった。


「へっくしょんっ‼」

突然鼻がむずがゆくなり、サイラスはくしゃみをしてしまった。

「……おかしいな。昨日はきちんと寝たし、風邪なんかは引いていないはずなんだが……」

首を捻りつつ、サイラスは教団の建物の中を進んでいた。

普段より速足で、急いでいる様子だ。

(そろそろまた、ハルツから連絡が届くころだな)

ハルツは旅先から折を見て、この国の教団に報告を送っている。前回の報告後、予定通りに旅が進んでいるのならば、そろそろ道行きの大部分を消化した頃合いだ。

(何事もなく、旅が進んでいればいいんだが……)

友人であるハルツの顔と、そしてフィオーラの顔が思い浮かんだ。

遠い空の下の二人へ思いを馳せていると、近づいてくる人間がいる。

「サイラス！　ちょうどいいところにいた！」

「慌ててどうしたんだ？」

顔見知りの神官が、どたばたと走り寄ってきた。

「おまえ聞いたか？　リムエラ様が姿を消したそうだ。行方がわからないが、おそらくもう、この国の中にはいないようだぞ」

「……何だと？」

サイラスは眉を撥ね上げた。

フィオーラの義母リムエラ。セオドアによる誘拐事件に協力した罪で、財産の大半を没収され没落したはずだ。

（フィオーラを逆恨みするリムエラが姿を消した……）

嫌な予感しかしなかった。

（……ハルツへの返信で、注意を喚起しておかないとな）

早馬を使っているとはいえ、どうしても手紙のやりとりには時間がかかってしまうものだ。

手紙が間に合うよう、何事も起こらないようにと。

フィオーラたちから遠く離れたサイラスには、祈ることしかできないのだった。

サハルダ王国の王宮を出発したフィオーラは、馬車の上で揺られていた。

膝の上では、イズーがぴすぴすと寝息を立てている。

腹を見せ仰向けになり、夢を見ているのか、時折手足が動いている。モモは今日ついてきていないため、これ幸いとイズーが、フィオーラの膝を独占しているのだった。

（だいぶ王都から離れたわね……）

窓の外には、大小さまざまな大きさの岩石が転がっている。

細やかな砂で覆われた砂漠は王都の近くだけで、国土の大部分は岩で覆われた、岩石砂漠で構成されているのだった。

見るともなしに窓を見ていると、やがて道が上へと登っていく。

岩の転がる山の中に切り開かれた道を進んでいくようだった。

（結構、傾斜がきついのね）

道幅もあまり広くなく、窓の片側からは道の端が見え、その先は崖になっている。

馬車は一列に連なり、山道をひたすら登っているようだ。

草木の乏しい風景を、フィオーラが眺めていたところ、

「っ……‼」

アルムが息をのむ音がした。

「どうしたんですか？」

「この気配は、まさか……！」

ざわりと、アルムの髪が風もないのに揺らめいた。

「いったい何が……」

フィオーラは黙り込んだ。

不吉な予感。

かすかだが、地鳴りのような音がする。

音は瞬く間に大きくなり、震動を伴ってきた。

「土砂崩れだっ‼」

御者台から悲鳴が聞こえた。

フィオーラは扉を開け、アルムへと叫んだ。

「アルムお願いします‼」

「あぁ任せてくれ‼」

素早(すばや)く外へ出たアルムが、樹歌を口ずさんだ。

迫(せま)りくる土砂の前へ、土壁(つちかべ)が生まれせり上がった。

土砂が轟音(ごうおん)を立て壁にぶつかり、みるみるせき止められていく。

「こっちは私が‼」

フィオーラも樹歌を奏でた。

すり抜(ぬ)けてきた岩に土壁をぶちあて軌道(きどう)をそらし、馬車の間へと落としていく。

「間に合った………」

もうもうと立ち込める土埃(つちぼこり)の中、フィオーラは胸を撫でおろした。

ざっと見たところ、すべての馬車に大きな被害はないようだ。

落ちてきた岩により道が塞(ふさ)がり、馬車の列が分断されてしまっているが、岩の一つ二つならばすぐに、樹歌でどかすことができるのだった。

(……けれどどうして、土砂崩れが起こったのかしら？)

土砂崩れは多くの場合、雪解けの季節の春や、大雨が降った後におこるものだ。

雲ひとつない快晴の今、土砂崩れがおきたのには不自然なものを感じた。

何が原因なのか。

周りを見渡したフィオーラの視線が、一点に吸い寄せられていく。

「黒い蝶(ちょう)……？」

周りに草木も花もないのに。

何匹(びき)かの蝶が、崖の上で舞っているのが見えた。

「あれはいったい――――」

「きゅっ‼」

かきん、と。

硬(かた)い音が響いた。

「え……？」

見れば足元に、矢が突き刺(さ)さっていた。

イズーが風の刃(やいば)を生み出し、矢を叩(たた)き落としたようだ。

（敵――――？）

身を硬くするフィオーラを、アルムが素早く抱き寄せる。

「フィオーラ、ごめん。少し驚かせるかも」

「えっ？」

アルムは謝(あやま)ると、フィオーラの腰に回した手の力を強めて、

「舌を噛まないよう気を付けてくれ」

勢いよく崖の下へ、身を躍(おど)らせていく。

（――――落ちるっ‼）

襲(おそ)い来る浮遊(ふゆう)感に、フィオーラは目を閉じてしまった。

風に嬲(なぶ)られ、髪が顔を叩くのがわかった。

墜落死(ついらくし)を覚悟(かくご)した瞬間、落下速度がゆるやかになっていく。

「風が……」

アルムの樹歌によって生み出された風が、フィオーラたちを空中で支えていた。

徐々に高度が下がっていき、やがてゆっくりと崖の底へ着地した。

（びっくりしたわ……………）

体の中心に、まだ落下する感覚がこびりついている。

フィオーラが冷や汗をぬぐっていると、アルムが周囲の気配を探っていた。

「どうしていきなり、崖の下へ飛び降りたんですか？」

「いくつか気になることがあったからだよ」

アルムが上空を見上げた。

崖の角度の関係で、崖の上からは、この場所は見えない位置にあるようだった。

「……さっきの土砂崩れは、人間の手でわざと引き起こされたものだよ」

「そんなこと、可能なんですか？　樹具を使ったとしても、あれ程大きな土砂崩れを起こすのは、難しくないですか？」

「樹具じゃない。魔導士による魔導だよ」

「……魔導？」

聞きなれない言葉に、フィオーラは首を傾げた。

「……もしかして黒い蝶が舞っていたのが、その魔導士と何か関係があるんですか？」

「黒い蝶……フィオーラにも見えるようになったんだね」

「あの蝶、なんなんですか？」

「マナだよ」

ただし、と。

アルムが言葉を続けた。

「魔導を使うと、本来あるべき姿から変質した、黒いマナが周囲に放たれるんだ。フィオーラが見た黒い蝶は、あそこに魔導士がいた証だよ」

フィオーラは身を震わせた。

魔導士についてはまだよくわからないが、こちらに害意を抱いているのは間違いない。

「それに、敵は崖の上の魔導士だけじゃないよ。さっきフィオーラに矢を射かけたのはおそらく、同行していたこの国の兵の中に潜んでいた裏切り者だよ」

「裏切り者……」

次々と飛び出す物騒な単語。

フィオーラにもようやく、事情が推測できてきた。

「アルムが突然崖の下に飛び降りたのは、死んだフリをして身を隠すことで、裏切り者が誰か探るためですか？」

「あぁ、そうさ。説明が足りずに、驚かせて悪かったね」

「おかげで助かりました。ありがとうございます」

フィオーラは安堵のため息をついた。

（アルムがその気になれば、あの場でこの国の兵たちすべてを、土石流で潰すことだってできたものね……）

フィオーラを狙う人間に対し、アルムは容赦なかった。

しかし同時に、無用な犠牲者を増やしフィオーラが心を痛めないよう、最大限配慮してくれている。崖の上に残って裏切り者を炙りだせば、最悪死者が出るのをさけられなかったはずだ。

「……今頃、ハルツ様は青くなっているはずです。こちらの事情を説明するために、イズーに伝言を持って行ってもらってもいいですか？」

「もちろん構わないよ。だが少し、急いだほうがいいかもしれない」

アルムは言うと、じっと何もない虚空を睨んでいる。

「何か、気になることでもあるんですか？」

「……見えないかな？　フィオーラもじっと、目を凝らしてみてくれないかい？」

「……わかりました」

アルムの勧めにしたがい、フィオーラは虚空を凝視した。

「あ……」

最初は何ということもない、岩石の転がる風景だったが、

視界がわずかにズレたような、不思議な感覚が訪れて。

何もないはずのそこに一匹、黒い蝶が舞っていた。

「黒い蝶が見えます……」

「よし、成功したみたいだね」

アルムが満足げに頷いた。

「その蝶は、魔導士の持つ魔道具から零れ落ちたものだよ。しばらくは残っているはずだから、蝶を道しるべにして、魔導士の元にたどり着けるはずさ」

敵を叩くなら、根っこから叩かないとね、と。

アルムが呟いたのだった。

「それじゃあイズー、これをハルツ様の元へ運んでね」

「きゅっ‼」

フィオーラはイズーの前脚(まえあし)へ、ハンカチを結び付けていく。

ハンカチには樹歌で生み出した色水で、簡単にこちらの事情を記してあった。

「きゅいっふ――――‼」

行ってきます！

とばかりに尻尾をぶんぶんと振ると、イズーが崖を駆け上っていく。

四本の脚を動かし風を操り、みるみる背中が小さくなっていった。

「イズー、落ちないよう気を付けてね！」

「イズーなら大丈夫さ。フィオーラ、さっそくこっちも出発しよう」

「はい、わかりまし……きゃっ⁉」

フィオーラが小さく悲鳴を上げた。

両足が泳ぎ、ぶらりと足先が揺れる。

腰と肩に手が回され、アルムに抱きかかえられていた。

「ど、どうしたんですか？　下ろしてください」

「行き先は道なき道だ。フィオーラの足じゃ、石に躓(つまず)いて危ないよ」

「うっ……」

アルムにそう言われては、フィオーラは下りることができなかった。

(アルムは私のことを思いやって、親切にしてくれただけよ。私が変に意識しなければ、それで問題ないわ……)

恥(は)ずかしいのも心臓が騒(さわ)ぐのも、フィオーラ側だけの問題だった。

フィオーラは自分を納得(なっとく)させると、アルムの体にかける体重を分散させようと、アルムの首へと手をまわした。

「つかまりますね。苦しかったら教えてください」

「…………」

「アルム？」

手のかけた位置が悪かったのだろうか？

アルムに尋ねようとしたフィオーラだったが、

(耳たぶが赤い……？)

「っ……‼」

アルムの横顔、耳が赤くなっているのが見えた気がして。

フィオーラの顔にまで、赤さがうつってしまったのだった。

4章　魔導士と黒き蝶

アルムによる魔導士の追跡は、順調に進んでいた。
フィオーラを抱えながら、舞うように岩場を駆け抜けていく。
(速い……!!)
高速で後方へと流れていく風景に、フィオーラは目を丸くしていた。
アルムは小さく、樹歌を口ずさんでいる。
風をまとい風に乗って、文字通り飛ぶように足を進めていた。
(あ、また黒い蝶!)
前方に、数匹の蝶が舞っていた。
黒い蝶の数が増え、見かける間隔も短くなってきている。
もうじきに、魔導士に追いつくのかもしれなかった。
「あれは……」
アルムが樹歌を中断し、速度を落としていく。
フィオーラにもやがて、アルムと同じものが見えてきた。
村だ。

岩山の陰に隠れるようにして、小さな村が存在しているようだった。

「黒い蝶があんなに……」

村の入り口には、大量の黒い蝶に囲まれ青年が立っていた。

青年もフィオーラたちに気づいたのか、ぎょっと目を丸くしている。

「おまえら、なぜここに⁉　足を滑らせて、崖から落ちたはずだろう⁉」

やはりこの青年が、先ほどの襲撃犯の魔導士で間違いないようだ。

黒い石のはめ込まれた籠手を青年が掲げると、地面にひび割れが走っていった。

「今度こそ落ちろっ‼」

音を立てながら急速に広がる亀裂が、アルムの足元へと迫ってきたが、
フィオーラを抱えたままあっさりと、アルムは亀裂を回避した。

「当たらないよ」

風をまとい駆け抜け、青年へと肉薄する。

「ひっ⁉」

アルムの足元から伸びあがった蔓が、青年の籠手を弾き飛ばした。

右手を押さえうずくまる青年を、アルムが冷ややかに見下ろしている。

「馬鹿だな。その籠手が何を招くのか、知らずに使っているのかい？」

「っ、何が言いたい⁉」

青年が、憎々しげにアルムを睨みつけた。

「おまえたち千年樹教団の関係者に、俺らの気持ちがわかるわけがないっ‼」

「……君たちの事情に興味はないよ、ただ――」

「おい、どうしたっ⁉」

「何があったんだ⁉」

複数の叫(さけ)び声。

村の中から、ばらばらと人影(ひとかげ)が飛び出してきた。

「っ、こいつだっ‼　こいつが千年樹教団の抱える化け物だっ‼」

籠手を奪(うば)われた青年が、村人たちに走り寄っていく。

するとたちどころに、村人たちの顔が険しくなった。

「そうかこいつらがっ‼」

「こいつらを倒(たお)せば俺たちもっ‼」

口々に叫びながら、槍(やり)や剣(けん)を構えてくる。

武器にはそれぞれ柄(え)の部分に、黒い石がはめ込まれていた。

(すごい量の黒い蝶が……！)

黒い石からぶわりと蝶が生まれ、黒い竜巻(たつまき)のようになっているのを、フィオーラの瞳(ひとみ)は映した。

「くらえっ‼」

「弾け飛べっ‼」

叫び声と共に炎(ほのお)と雷(かみなり)がとんでくる。

一つ一つの炎や雷は小さいが、数はゆうに十を超(こ)えていた。

「めんどくさいな」

アルムが樹歌を奏で腕をかざすと、土の壁がせり上がってくる。

厚い土壁の表面ですべての炎が弾け、雷が食い止められている。

「ちっ‼　これじゃダメだ‼」

「もっとどんどん打ちこめっ‼」

村人たちは諦めないようだ。

次々に黒い石のはまった武器を構え黒い蝶をまき散らしながら、アルムに攻撃を放ってくる。

そのすべてが樹歌により防がれるが、アルムはうっとうしそうにしていた。

「数ばかり多くて煩わしいな。いっそまとめて潰して――――」

「アルム待ってください‼」

フィオーラは慌てて制止した。

突然の戦闘に硬直してしまっていたが、我に返ったのだ。

（こんな時のために、練習していた樹歌があるわ）

意識を集中し、思いを乗せ樹歌を歌いあげる。

「うおおっ⁉」

「何だこれっ⁉」

村人たちへ向かって、薔薇が生え蔓を伸ばしていく。

フィオーラが一番最初に使った樹歌を元にしたものだ。

蔓に巻き取られ搦めとられ、村人たちが慌てふためいていた。

「フィオーラ、いい判断だ」

動きを封じられた村人の手から、黒い石のついた武器が弾き飛ばされていく。

アルムの樹歌による風の、狙いすました攻撃だった。

蔓に捕らわれ武器を奪われ、村人たちは瞬く間に無力化されたのだった。

(良かった。これで少しは向こうも冷静になって、こちらの話を聞いてくれるか――)

「フィオーラまだだ!!」

「っ⁉」

がぎん、と。

ごく間近で衝撃音が響いた。

少年だ。黒い蝶をまとわりつかせた少年が振るった曲刀が、アルムの生み出した石壁に受け止められていた。

「ちっ!!」

少年が舌打ちし、曲刀を引き体勢を立て直そうとする。

「させないよ」

アルムが素早く樹歌を奏でた。

少年の足元から蔓が伸びあがり、地面へと引き倒していく。

「くっ……!! ………駄目かっ……!!」

蔓から抜け出そうともがくほど、拘束はきつくなっていく。

やがて少年は抵抗は無駄だと悟ったのか、大人しくなったのだった。

「あなたたちはなぜ、私たちを襲ったんですか？」
目の前に並ぶ村人たちへ、フィオーラは問いを発した。
集まっている村人たちの人数は三十人ほど。
先ほど襲い掛かってきた八人は蔓で縛られ、地面に転がされていた。
「…………」
村人たちは敵意のこもった眼で、アルムとフィオーラを睨みつけている。
武器こそ取り上げてあるが、なかなかに剣呑な雰囲気だ。
（どうしましょう……）
相手が一人二人であれば縛りあげ、ハルツたちの元へ連れていくことができる。
しかしこうも大人数では、いささか困ってしまった。
村人の中には十歳に満たない子供や老人もいて、フィオーラはやり辛さを感じた。
気まずい沈黙が落ちる中――
「皆、そろそろ諦めようよ」
場違いに明るい声が下から響いてきた。
先ほど曲刀を手に、アルムに襲い掛かった少年だ。
蔓で縛られ転がったまま、器用にフィオーラの方へ体を傾けた。

「お姉さんが噂の、世界樹の主様なんだよね？」

「……はい、そうです」

やはり少年たちは、フィオーラがアルムの主だと知って襲い掛かっていたようだ。

フィオーラが頷くと、村人たちに不穏なざわめきが走った。

「くそっ、こいつらのせいで俺たちは……」

「憎い千年樹教団の手先が……」

敵意のこもった村人たちの声が鼓膜を震わせた。

「……何だい？　そうして蔓で縛られただけでは足りないのかい？」

不快感をあらわにするアルムを制しながら、フィオーラは少年へと視線を向けた。

「あなたたちはどうして私を、千年樹教団を恨んでいるんですか？」

「だって、偽善じゃないか。お姉さん、この国で教団が何をしてきたか知らないの？」

「衛樹や精霊樹の保全に努めて、黒の獣を追い払ってきたはずです」

「うん、正解だよ。でもさそれって、タダでやってくれたことじゃないんだよ」

「それは……」

フィオーラは口ごもった。

世界樹を奉り樹具を使い、黒の獣から人々を守る千年樹教団。

その理念は崇高だが、中には冤罪でフィオーラを痛めつけてきたジストや、権力欲にかられセオドアと手を組んだ上層部の人間もいた。

（ハルツ様やサイラスさんみたいな立派な方も多いけれど……）

そんな彼らが活動するためにも、教団を維持運営するには金が必要だ。

千年樹教団は黒の獣を駆逐する見返りに、各国から資金を集めていた。

「俺たちの国もさ、今までずっと毎年、たくさんのお金を教団に納めていたんだよ。なのにどんどん、黒の獣が国のあちこちに出現するようになって、俺の父さんや母さんも死んで……。教団は、何もしてくれなかったんだ」

「………」

先代の世界樹は、あと十年も持たず枯れるのだ。

既に力の衰えが見られ、影響が各地に表れている。

教団も対処しているが、手が回り切らないのが現実だ。

少年たちからすれば、教団は金を奪い取っていくだけの、憎らしい存在に思えたようだった。

「だから、魔導具に手を出したというのかい？」

聞き役に徹していたアルムが口を開いた。

少年は悪びれることもなく頷いている。

「あぁ、そうだよ。うちの村には代々、魔導の道具が受け継がれていたんだ。便利な道具なのに、教団が禁止していたから、隠して使わないようにしていたけれど……」

「教団が自分たちを守らないなら、自分たちも教団の決まりを守る必要はないということかい？」

「そうなるのが当然だろう？　いったい何が悪いんだ？　魔導具は少し練習すれば、誰だって使えるんだよ？」

少年がけろりと言ってのけた。

「魔導具を使えば狩りも簡単だし、黒の獣を撃退することもできるんだ。使えるものは使うのが当然じゃないか」

　少年の言葉に、村人たちも頷いている。

「ジェスの言う通りだ」

「魔導具を使って何が悪い？」

「元はと言えば教団が悪いんだろ？」

　どうやら、少年の名前はジェスというようだ。

　フィオーラにもジェスの主張がわからなくはないが、気にかかる点がある。

「先ほどの土砂崩れは、ジェスたちが魔導具を使って起こしたんですよね？」

「そうだよ」

「……なぜ私たちを襲ったんですか？　それにもしかして、最近隣国で頻発している土砂崩れ、ジェスたちのせいなんですか」

「そう、俺たちのせいだよ。お姉ちゃんにこの国へ、俺たちに地の利のあるこの国へきてもらうために頑張ったんだよ」

　肯定するジェスに、フィオーラは寒気を覚えた。

（ジェスたちは、教団を見限っただけじゃないわ。便利な魔導具を頭ごなしに禁止する教団を邪魔に思い、力を削ごうとしているのよ）

　だからこそ、次期世界樹であるアルムの主であるフィオーラの命を狙ってきたのだ。

　ジェスたちは世界樹や教団がなくなろうと、魔導具があれば生きていけると思っているからだった。

「浅はかだな」

アルムが吐き捨てた。

「なぜ、そんなにも便利な魔導具の使用を教団が禁じているか、考えたことはないのかい？」

「そんなの、魔導具が目障りだったからだろう？　限られた人間しか使えない樹具より、誰でも使える魔導具の方が、ずっと便利だよ。教団が目の敵にして当然じゃないか」

「もちろん、そういった理由もあるさ。けれどそれだけが理由なら、とっくにどこかの国が教団を出し抜いて、大々的に魔導具を使うようになったと思わないかい？」

「それは……」

今度はジェスが口ごもっている。

アルムの指摘に、咄嗟に答えが見つからないようだ。

「大陸中で禁止されるものには、相応の理由があるものだよ。魔導具というのは……」

「……アルム？」

突如黙り込んだアルム。

東を見つめるその横顔に、フィオーラは嫌な予感を覚えた。

「――来るよ。君たちが招いた災厄が、今ここへやってくる」

静かな声で、アルムの宣告がなされた。

予言じみたその言葉に、村人たちが水を打ったように静かになる。

「えっ？　それはどういう――っ‼」

疑問をあげるジェスの声をかき消して。

「〜〜〜〜〜〜〜‼」

耳をつんざく、巨大な鳴き声が響き渡った。

(何？　何が起こっているの？)

あまりの音量に、フィオーラの鼓膜が軽く痺れた。

村人たちも一様にぽかんと、何が起こったのかわからないようだ。

「あっ……」

周囲を見回していた村人一人が、呟きを漏らし座り込んだ。

歯の根が合わず、顔にはありありと絶望が浮かんでいる。

「なんだ、あれっ……。なんだあのバカでかいのはっ⁉」

「っ……‼」

フィオーラも気づいてしまった。

東の方角から、こちらへ走り寄ってくる黒い影。

しかしどう見ても、その大きさがおかしかった。

「黒の獣っ⁉」

信じられない大きさだった。

近づいてくる姿に、フィオーラは思わず叫んでいた。

黒の獣は土煙を巻き上げながら、一直線にこちらへ向かっている。まだ距離があるようだが、それでも既にフィオーラの足元にも、地響きが伝わってきていた。

「ひいっ⁉」

「なんだあれなんだあの化け物はっ⁉」

「あんな大きな黒の獣がいるなんて聞いてないぞ⁉」

村人たちは、残らず恐怖へと陥っている。

冷静なのはアルム一人だけのようだった。

「言っただろう？　災厄がやってくるって。あの黒の獣を招いたのは、誰でもない君たち自身だよ」

「……どういうことだよっ⁉」

叫ぶジェスに、アルムが冷えた眼差しを向ける。

「魔導具の副作用のようなものさ。魔導具を使えば使うほどマナが変質……わかりやすく言うと、黒の獣のエサができるんだ」

「黒の獣の、エサ……」

呆然と呟いたジェスだったが、慌てて頭を振った。

「でたらめを言うなよ‼　今まで何度も、俺たちは魔導具を使ってきたんだ。その時は一度も、黒の獣が寄ってこなかったぞ？」

「幸運だっただけさ。最近まではこの国の精霊たちが、黒の獣を遠ざけてくれてたんだろうね。それに量の問題もある。さっき僕とフィオーラに使ったのと同じくらい、一度に大量に魔導具を使ったことはあるかい？」

「……そんな、今日みたいにばかすかと魔導具を撃ったことは……」

ないようだった。

ジェスが唇（くちびる）を噛（か）みしめていた。

「……っ、くそっ!! 逃（に）げるぞ!! あんたたち、俺の縄（なわ）をほどいてくれっ!!」

「いやだよ」

アルムがすぐさま、ジェスの懇願（こんがん）を却下（きやっか）した。

「どうしてフィオーラの命を狙ってきた君を、僕が助けると思うんだい？」

「見殺しにするのか!?」

「自業自得（じごうじとく）じゃないか」

「……っ!!」

取り付く島もないと、ジェスは悟ったようだ。

どうにか蔓から抜け出そうともがきはじめた。

「……蔓を解いてあげましょうか？」

ジェスの横へ、フィオーラは片膝（かたひざ）をつき座った。

「ありがとう恩に着る!! ………って、どうしたんだ？」

フィオーラは座ったまま、手を全く動かしてはいなかった。

「早く解いてくれ!! 間に合わなくなる!!」

「条件があります」

大きくなってくる地響きの中、フィオーラはジェスを見つめた。

「ジェスやこの村の方たちだけで、隣国まで行って土砂崩れを起こせたとは思えないんです。村の外、そしてこの国の外にも誰か、協力者がいるんですよね？」

「っ……‼」

ジェスが黙り込む。

図星のようだった。

「取引です。ジェスたちを助ける代わりに、協力者について喋ってもらう。これでどうですか？」

「……お姉ちゃん、顔に似合わずいい性格をしているね。俺としては、呑むしかない取引だけど……。でもいいの？　助けられた後、俺が情報を吐かずトンズラするかもって思わないの？」

「思いません」

「お姉ちゃん、やっぱりお人好し？」

「違います。逃がさない自信があります」

「強がり……かどうかはまぁいいか……」

ジェスがため息をつき観念したようだ。

迫りくる黒の獣に、迷っている時間はないとわかったらしかった。

「情報を喋るから助けてくれ。まだ死にたくないよ、俺」

「わかりました。約束は守ってくださいね？」

フィオーラは念押しをすると、アルムへと振り返った。

「アルム、お願いします。協力者の情報を得るためにも、あの黒の獣を倒しましょう」

「……わかったよ。死体相手じゃ、情報もとれないからね」

しれっとアルムは言うと、近づいてくる黒の獣をじっと見つめた。

「ちょっとあんた、何してるんだよ⁉　早く俺の縄を解いてくれ⁉　あんたも俺も、逃げないとヤバインだぞ⁉」

「僕が逃げる？」

アルムがすいと右腕を持ち上げた。

「さっさと、あれを倒してしまえば終わりだろう？」

「そんなことできるわけ――――」

「よし、距離と威力は、これくらいで大丈夫だね」

アルムが小さく頷くと、樹歌を口ずさんだ。

ごうごうと風が強まり、上空で急速に雲が渦を巻いていった。

「《――――落ちよ天の腕、雲海よりの槌をここに》」

アルムの指し示す先。

黒の獣の巨体を引き裂くように、何本もの雷が落ちてきた。

「～～～～～～～～‼」

閃光。視界を灼く白い闇。

そしてわずかに遅れて届く、鼓膜を叩く咆哮と轟音。

強すぎる光で漂白されたフィオーラの視界に、黒の獣の断末魔が響き渡ったのだった。

「嘘だろ……」

ジェスがぽかんと、口を開き固まっていた。

アルムの操（あやつ）る雷により、黒の獣は撃退されたのだ。

小山ほどもある巨体が、跡形（あとかた）もなく消え去っている。

「……確かにこれじゃ、お姉ちゃんたちから逃げようって気にならないね……」

アルムの力を思い知らされ、ジェスが引きつった笑いを浮かべていた。

一仕事を終えたアルムに、フィオーラは感謝の言葉を伝えた。

「アルム、ご苦労様です。ジェスたちも無事みたいです。アルムの演技のおかげで、情報ももらえそうですね」

「演技……？」

アルムが怪訝（けげん）そうな顔をしている。

「僕がいつ、演技をしたって言うんだい？」

「え、さっき、ジェスたちを脅（おど）して交渉（こうしょう）を結ばせるために、見捨てるフリをしたんでしょう？　おかげで交渉に不慣れな私でも、成功させることができたんです」

アルムが脅してくれたおかげで、その後の交渉も楽になったのだ、と。

そう感謝したフィオーラだったが、

「演技なんかじゃないよ。フィオーラを害そうとした相手がどうなろうが、僕は微塵（みじん）も心が動かないよ」

「……そうだったのね」

フィオーラは曖昧（あいまい）な笑（え）みを浮かべた。

（……結果良ければすべて良し、という言葉もあるもの……）

気持ちを切り替え、ジェスへと視線を向けた。

「約束です。協力者の情報について、こちらに教えてください」

ぽかんとした顔で、フィオーラたちのやり取りを見ていたジェスだが、我に返ったようだ。

「あぁ、そうするつもりだけど……。急いだ方がいいと思う」

「何をですか？」

「俺たちの協力者は、国王陛下にも粉をかけてるんだ」

「ジャシル陛下に⁉」

フィオーラは目を見開いた。

ジェスの協力者は一国の王にまで届く程の、とても長い腕を持っているようだ。

「うちの国王陛下、孔雀の精霊を大切にしてるらしいからな。精霊って、黒の獣を狩るのが仕事なんだろ？　国王陛下は魔導具を黒の獣退治に使うことで、精霊の負担を減らしたいって考えているみたいだね」

「孔雀の精霊のために……」

クリューエルを大切に思うジャシルならば、あり得なくはない話だ。

危機感を覚え、フィオーラはアルムを振り返った。

「急いで王宮に帰りましょう！　もしジャシル陛下が協力者の手を取ったら、王宮に残っている教団の方たちが危険です」

「わかった。つかまってくれ」

「お願いします」

アルムはフィオーラを抱きかかえると、風をまとい駆けていった。

どんどんと小さくなる二人の姿を見たジェスは、

「あんな化け物、俺たちが勝てるわけないよな……」

遠い目をして呟いたのだった。

フィオーラはアルムに抱えられ、一直線に王宮へと向かっていた。

王都が見える頃には陽は沈み、月光が砂丘の連なりに影を落としていた。

(王宮が騒がしい……？)

まだ少し距離があるが、昨日の夜見た時よりも明らかに、王宮の灯りが多かった。

目を凝らすと夜にもかかわらずたくさんの人間が王宮内を歩いていて、何か起こったのは明白だ。

「フィオーラ、どうする？」

「……王宮の方たちに見つからないように、中庭に着地することは可能ですか？」

まずは教団の人間と、ノーラの安全確保が第一だ。

中庭からなら、彼ら彼女らの部屋まで近かった。

「できるよ。今は夜だからやりやすいはずだ」

アルムが何やら樹歌を口ずさむ。周りの空気が、ぐにゃりとたわんだようだった。

「空気の密度を変え、外からは見えにくくしたんだ。あまり長くはもたないし、近くで見られると見破られてしまうけど、夜に遠くから見てもわからないはずだ」

アルムは王宮近くの建物の屋根に上ると、風をまとい高く跳躍した。

風に乗って距離を稼ぎ、王宮の中庭への着地に成功。

フィオーラはアルムの腕から下りると、ノーラの待つ部屋へ向かおうとして――

「きゅあっ‼」

「⁉」

暗闇から響いた声に、びくりと体を揺らしてしまった。

（クリューエル……）

目くらましの術も、精霊の目には効かなかったのだろうか？

それともあるいは、術の効果が切れたのかもしれない。

フィオーラが心臓をびくつかせていると、足音が響いてきた。

「誰かいるのかっ⁉」

「ジャシル陛下……！」

クリューエルの元へ駆け寄ってきたジャシルが、フィオーラへと曲刀を向けた。

よく研がれた刃が、灯りに濡れて光っている。

「なぜフィオーラ殿がここにいる⁉　崖から落ちたと連絡があったぞ⁉」

「ジャシル陛下、落ち着いて――」

フィオーラの制止も空しく、ジャシルが曲刀を手に走り寄り――

「がっ‼」

フィオーラの横をすり抜け、その背後に迫っていた人影にみねうちを入れていた。

(び、びっくりした……‼)

よく見ると、人影の足元には蔓が絡みついている。

アルムの樹歌によるものだ。

「世界樹殿、手助け感謝しよう。つい曲刀を抜いてしまったが、私が曲刀を振るわなくても大丈夫だったようだな」

「いや、助かったよ。いちち力加減を考えて、気絶させるのは面倒だからね」

意識を失った襲撃者を、アルムの蔓が縛り上げていく。

フィオーラはそれを確認すると、ジャシルへと向かい問いかけた。

「ジャシル陛下はなぜ、曲刀を手にこのような場所へ……?」

「王宮に賊が入り込んだ。捕縛のための指揮をしていたが、こいつのことが気になり様子を見に来たところだ」

褐色の腕が、優しくクリューエルを撫でていた。

(ジャシル陛下はどこまでも、クリューエルを大切にしているのね……)

その事実を再確認しつつ、フィオーラは口を開いた。

「……賊というのはもしかして、陛下に魔導具の使用を持ち掛けた方たちではないですか?」

「‼　お見通しか……」

ジャシルが一瞬目を見開き、ついで険しく細めた。

「悪いが、詳しくは後にしてもらおう。王宮内にはまだ、賊の残党がうろついているからな」

「はいっ‼　また後でお願いいたします‼」

フィオーラは言い捨てると、ジャシルへ背を向けて走り出した。

（ノーラっ‼）

廊下を走り角を曲がり、ノーラの部屋が見えてきた。

ドアに手をかけ開くと――

「とりゃっ‼」

「わっ⁉」

ぺちん、と。

飛んできたハンカチ……もといモモが、アルムの顔に張り付いていた。

「……痛いんだが」

「きゃうっ⁉」

モモを引きはがすと、アルムは脇へ放り投げた。

ころころと床を転がるモモにフィオーラが気を取られていると、ノーラが部屋の奥から飛び出してくる。

「フィオーラお嬢様っ‼　ご無事だったんですね‼」

「ノーラの方も怪我はない？」

「はい！　この通りぴんぴんしています。賊からは、モモ様が守ってくれました‼」

ノーラの無事は、モモのおかげらしかった。

モモは起き上がると、えらそうにふんぞり返っている。

「そうよそうよ！　私に感謝しなさいよね‼　侵入してこようとする賊に飛び掛かって体当たりして、とっても活躍したのよ⁉」

「……そのせいで僕まで、体当たりを受けたんだが？」

「不幸な事故よ。それに直前であんただって気づいたから、爪は引っ込めてあげたじゃない」

「爪……」

モモの小さな指を、フィオーラは思わず見つめた。

可愛らしい姿のモモだが、攻撃力はしっかりとあるようだった。

「昨夜はいろいろと、騒がしくしてしまって悪かったな」

翌朝、フィオーラはジャシルと中庭で向かい合っていた。

ジャシルの横には今日も、クリューエルが付き添っている。

「……ジャシル陛下は以前から、魔導具を用いる集団から、協力者にならないかと誘われていたのですよね？」

「あぁ、そうだ。秘密裏にこちらへ、使者が送られてきたんだ。……魔導具を使い黒の獣を退治すれば、こいつの負担も減るだろうと言われていた」

結局うさん臭くて断ることにしたがな、と。

ジャシルが苦笑して続けた。

「奴らは私が断った腹いせに、教団の人間に手をかけようとしたようだ。昨晩は助太刀してもらい助かったよ」

「こちらこそ助かりました」

フィオーラはそう返しつつ、クリューエルを見つめた。

「……ジャシル陛下は以前から魔導具集団からの誘いを受けていて、今まで保留にしていたのですよね？　すぐに判断できなかったのは……クリューエルが弱ってきていることに、薄々気づいていたからではありませんか？」

「……認めたくはなかったがな……。ずっと、こいつと一緒に暮らしてきたんだ。私はただの人間だが、それでも察するものはある。だからこそ、魔導具集団からの誘いに、昨日まで乗るか迷っていたんだ」

「…………」

うさん臭い勧誘の手を、すぐさま振り得ないほどに。

ジャシルは孔雀の精霊のことを考えていたのだった。

「正直なところ今でも、勧誘の手を振り払うべきだったのかどうか、迷っているくらいだ」

「それは────」

「振り払って正解だよ」

アルムが断言した。

「もし、君がやつらの手を取っていたら、クリューエルの思いも何もかも、踏みにじることになっていたんだからね」

「……世界樹殿、それはどういう意味だ？」

いぶかしるジャシルへ、フィオーラは説明した。

魔導具と黒の獣の関係。そして昨晩現れた、特大級の黒の獣のこと。

説明を聞き終わったジャシルは、眉間にしわを刻み込んでいた。

「……そんな裏事情があったのか。あいつら、魔導具の利便性を説き、耳触りのいい言葉ばかりを並べていたが……。そうそう美味い話はないということか」

魔導具と黒の獣の関係を知り、ジャシルは嘆息していた。

「私はあやうく、この国を守ってきてくれたクリューエルに、恩を仇で返しかけていたんだな……」

「………………」

フィオーラにはかける言葉がなかった。

クリューエルの献身と、ジャシルの思いを知る程に辛くなってしまう。

（『精霊樹を枯らすか、精霊樹を守りクリューエルを消すか』の二択を、ジャシル陛下は選ばなければならない……）

どちらを選んでも、失うものが大きい選択だった。

ジャシルの様子を窺っていると、その手の甲を、クリューエルがつついていた。

「ん？　どうしたんだ？」

「決断を求めているんだよ」

人の言葉を持たないクリューエルの代わりに、アルムがそう言い切った。

「精霊樹を助けるためにフィオーラの樹歌を望むかどうか、早く決断しろと言っているんだ」

酷な選択を迫る言葉に、ジャシルの顔が愁いを帯びた。

決断を迷うように、クリューエルをじっと見ている。

そんなジャシルにアルムは小さな、しかし確かな笑みを浮かべた。

「……君、かなりクリューエルに好かれているんだね」

「いきなり何を言うんだ……？」

「わからないかい？　決断を君に求めていることこそ、何よりその証じゃないか」

簡単なことだよ、と。アルムが言葉を続けた。

「弱っていようとも、精霊は人間よりずっと強力な存在だ。君がどれほど無理強いしようとしたところで、クリューエルが拒絶すればそれで終わりなんだ」

ジャシルが目を見開き、傍らに寄り添うクリューエルを見つめた。

「そうか……。つまり、それは……」

「わかるだろう？　精霊の役割は黒の獣を退けることで、そのためには精霊樹の力を強めることが一番なんだ。クリューエルだって本当は、自分が消えることになろうとも、フィオーラの樹歌を望んでいるさ。……そうだろう？」

アルムの問いかけに、クリューエルが頷くように首を揺らした。

「にもかかわらずクリューエルは、ただの人間である君に選択を委ねたんだ。……それがどれ程の重みをもつか、人間の君にはわからないかもしれないけれど……。そのことについてもよく考えて、今決断をしてくれ。樹歌を望むなら、早ければ早いほどいいからね」

「……決断を……」

ジャシルが拳を握り込んだ。

内心の葛藤を、瞼を閉じ抑え込んでいるようだった。

「……歌ってもらおう」

かすれた声で、しかしはっきりと、ジャシルは言葉を紡いだ。

「精霊樹の力を強めるために。フィオーラ殿に今夜、樹歌を歌ってもらいたい」

「……ジャシル陛下、よく決心なされましたね」

樹歌を歌う準備をすべて終え、フィオーラは最後にもう一度、ジャシルと話すことにした。

「本当に私が、樹歌を奏でてもよろしいのですよね？」

「あぁ、大丈夫だ。決断を覆す気はないからな」

「………」

「はは、そんな悲しそうな顔をしないでくれ」

ジャシルは笑うと、中庭の精霊樹を見やった。

「あいつはこの国を守ってきてくれたし、私は国王なんだ。ならば選ぶべき道は、一つに決まっているじゃないか。……ずいぶんと迷い、フィオーラ殿にも迷惑をかけてしまったが……。それでも結局のところ、私はこの選択肢しか選べないし、だからこそあいつも、私に決断を委ねてくれたんだろうな」

覚悟と後悔。痛みと決断。

あらゆる感情が渦巻きぶつかり合い、その結果凪いでさえ聞こえるジャシルの言葉に、フィオーラは黙り込むしかなかった。

人間と精霊。種族を超えた交流の終着点の一つが、これから訪れるのだった。

(……ジャシル陛下は決断した。ならば私も、精一杯樹歌を奏でたいわ)

中庭へと踏み出すと、クリューエルが尾羽を開きフィオーラを待っている。

アルムの準備が整っていることを確認し、フィオーラは精霊樹へと手を触れた。

「《巡る命、囁きの梢よ――――》」

月明かりへと、フィオーラの樹歌が溶けていく。

精霊樹に光が灯り、ひび割れた幹に潤いが満ちていった。

「あ……」

かすかなジャシルの声が耳に入る。

クリューエルの全身が、淡く輝いていた。広げられた羽が、夜空を舞うように一枚一枚、光を帯びる。

(綺麗……)

光は蝶となり、上空へと羽ばたき消えていく。

儚くも美しい輝き。

きっとこれこそが、いつもアルムが見ているマナの映る視界だ。

光をまとうクリューエルがジャシルを見ると、消え行く喉から高い声があがった。

(お別れを言っているのね……)

ジャシルは声もなく動きもなく、ただクリューエルを見つめている。

クリューエルの姿を、目に焼き付けようとするようだった。

ジャシルと光の蝶を見送りながら、フィオーラは樹歌を歌い終えたのだった。

フィオーラの樹歌は見事、精霊樹の力を取り戻させることに成功した。

翌日は念のため王宮に留まり精霊樹の様子を観察し、更にその翌日には、ジェスの襲撃でとん挫していた、東の衛樹の元へ向かい樹歌を奏でてきた。

(……これでひとまず、私がこの国でできることも終わりね)

王宮の一室で、フィオーラは教団から与えられた簡易地図を見つめていた。

(この国を出て、あと小国を二つ進めば、いよいよアルカシア皇国よ)

アルカシア皇国。

世界樹が根を下ろす、この大陸でもっとも大きな国だ。

千年樹教団の本部がある国であり、フィオーラの旅の目的地だった。

(……今の世界樹の力が衰えてきている証を、この旅の間に何度も見たわ)

この国、サハルダ王国だってその一つだ。

世界樹さえ健在だったなら、ジャシルとクリューエルの別れは、もっと先にあるはずだった。精霊樹や衛樹の弱体化のせいで人々が黒の獣に襲われることも、魔導具に手を出すこともなかったはずだ。

（私が無事に、アルムを次代の世界樹にすることができれば……）

いくつもの悲劇の芽を摘(つ)むことができるはずだ。

両肩(りょうかた)にかかる重みに喘(あえ)ぎながらも、フィオーラは進むしかないのだった。

翌日、王宮を発(た)つ直前。

フィオーラとアルムは、ジャシルと向かい合っていた。

「ジャシル陛下、このたびは大変お世話になりました」

「こちらこそ、フィオーラ殿が来てくれたおかげで助かったよ。……この先もフィオーラ殿とアルム殿は、色々と大変だろうが……」

ジャシルが中庭の噴水(ふんすい)へ、クリューエルのお気に入りだった場所へと目を向け、フィオーラの耳元に顔を寄せた。

「人間と精霊であっても、思いを通じ合わせることはできたんだ。フィオーラ殿とアルム殿だってきっと、上手(うま)くいくと信じているぞ」

ほのかな切なさと、経験者としての落ち着きの混じった声で。

ジャシルが応援を送ってきたのだった。

「……私は……」

「次に会う時にはまた、そちらのモモンガやイタチの精霊の話も聞かせてくれ」

フィオーラの答えを待つことなく、ジャシルが身を離し話題を変えた。

「フィオーラ、今なんて言われたんだい？」

どこかむっとした様子で、アルムが詰め寄ってきた。

フィオーラはアルムをなだめつつ、ジャシルの言葉を反芻していた。

（私はアルムのことを……）

特別に思っているのは間違いない。

間違いないがその感情にまだ、名前を付けるのは怖かった。

（……アルムが次代の世界樹として正式に認められて、すべてが上手くいったら私は――）

一人密かに思いを固めながら、フィオーラはサハルダ王国を後にしたのだった。

5章　千年樹教団本部にて

サハルダ王国を発ち、二つの小国を進んだフィオーラはついに、アルカシア皇国の国境を越えることになった。

「フィオーラ様、ようこそ我が国にいらっしゃいました」

国境の街では今まで見たこともない、豪奢なもてなしが用意されていた。

大通りの両側にずらりと騎士が並び、剣を掲げ直立している。

町並みは花々で美しく飾り立てられ、祭日に迷い込んだようだった。

「私の名はリグルド・アルカシア。国王陛下より、フィオーラ様の歓待と警護の任を賜っています」

騎士の正装に身を包んだ長身の青年が、フィオーラの前で膝をついていた。

まるで主君に忠誠を誓う騎士のような体勢だったが、

（この方がアルカシア皇国の王太子……）

彼の存在こそが、ある意味一番豪奢なもてなしだった。

リグルド・アルカシア。

大国アルカシアの王太子であり、剣の名手としても名高い青年だ。

皇国騎士団第一隊の隊長を務めており、漆黒の騎士服を身につけている。長身の美丈夫であり、

黒髪をなびかせ凛と振る舞う姿は、男女問わず多くの人間を惹きつけていた。

リグルドは完璧な騎士の礼を終えると、立ち上がり右手をフィオーラへと差しだした。

「お手をどうぞ。この街の名所を案内いたします」

少しだけ迷って、フィオーラは差し出された手に指先を重ねた。

失礼がないよう、みっともない振る舞いをしないよう気を付けながら。

リグルドに導かれ、歩き出したのだった。

「疲れた……」

用意された寝室で、フィオーラは横になっていた。

今日は終日、人目に晒された一日だった。

リグルドと町を回り、昼食を共にして。昼からは町に集まったアルカシア皇国の有力者たちと、顔を合わせることになったのだ。

(なんとか、大きな失敗をせず終えることができたけど……)

一日中神経が休まらず、これまでになく疲れていた。

義母らのせいで肉体面での負荷には慣れていたが、社交疲れは別物だった。

「お疲れ様、フィオーラ」

頬にひんやりとした指先があたった。

アルムだ。

人間より少し低い体温が、フィオーラにはとても心地よかった。

ずっとこうして触れていてほしいと、そう思ってしまう程だった。

「今日は何か、よく眠れるハーブを持ってこようか？　それとも味も楽しめる、香草茶の方がいいかい？」

「ありがとうございます。……香草茶でお願いしたいです」

疲労で回らない頭で、フィオーラはアルムに甘えることにした。

「わかった。すぐに用意するよ」

右手でフィオーラの頬に触れたまま、アルムが樹歌を口ずさんだ。

左手に光が集まり、茶の素になる香草が現出する。

「ノーラ、これで頼む」

「はい。お任せください」

香草を加工し、お茶を淹れるのはノーラの役目だ。ノーラがお湯を求め厨房に向かうと、部屋にはフィオーラとアルム、そして眠りこけるイズーだけになった。

（……落ち着かない……）

寝台に横たわったまま、フィオーラはアルムを盗み見た。

銀のまつ毛はわずかに伏せられていて、緑の瞳に淡い影を落としかけている。

アルムは何を見るでもなしに、ただ横顔をフィオーラへと向けていた。

（触りたいな……）

アルムはどこもかしこも美しすぎて。

きちんとここにいるのだと、触れて確かめたくなってしまう。

フィオーラはそっと、頬に添えられたアルムの指へ触れた。

「……フィオーラ？」

「アルムは、指の先まで綺麗ですね」

男性にしてはやや細めの指に、欠けのない爪が備わっている。

彫刻のような完璧な均整を誇る手だが、触るとしっかりと骨が通っているのがわかった。

指の長さを比べるように、フィオーラは指をゆるく絡めた。

「指、大きいですね。私の掌くらいなら、すっぽりと覆ってしまえ――」

「フィオーラ様、いらっしゃいますか？」

部屋の扉がノックされた。

ノーラではない。

アルカシア皇国からつけられた侍女だ。

「……なんでしょうか？」

精一杯平静を装いながら、フィオーラは答えを返した。

（今、私、アルムに何をして何を言ってて……！）

半ば以上、無意識での行動だった。

疲れで頭が回っておらず、思ったことをそのまま口にしていた。

冷静になるとかなり、恥ずかしいことをしている。

フィオーラは内心身もだえしながら、侍女に入室を許可した。

「贈(おく)り物が届いております」

「……わかりました。見せてください」

舞い上がり混乱していたフィオーラの心が落ち着いていく。

基本的にフィオーラは、贈り物を受け取らないようにしていた。

送り主と品物が何かだけを確認(かくにん)し、丁重(ていちょう)に送り返している。

（お返しをするのが大変だし、受けとっておいてお返しを要求されないのも、それはそれでめんどうごとになるものね……）

贈り物をして機嫌(きげん)を取ることで、動かすことのできる人間だと思われてはならなかった。

今回はどなたから、と。

箱に添えられていた手紙をフィオーラは手に取った。

（……リグルド殿下(でんか)……）

黒髪の王太子からだった。

箱の中身を確認すると、生菓子(なまがし)のようだ。

（これは、やりづらい……）

生菓子である以上、箱を開けたら送り返しにくい。

とはいえ、中身も見ずただ送り返すには相手の地位が高すぎ、失礼だった。

「もし、フィオーラ様がいらないと仰(おっしゃ)るのであれば、そのまま破棄(はき)するよう仰(おお)せつかっています」

悩(なや)むフィオーラの背中を押(お)すように、侍女が情報を加えてきた。

（もったいない……）

義母からの仕打ちで、食事を丸一日抜かれたことも珍しくなかったのだ。

あの時のことを思い出すと、食べ物を捨てるのに強い抵抗を感じた。

「……わかりました。ありがたく受け取らせていただきますね」

リグルドとは、明日も顔を合わせる予定だ。

その際にお礼の言葉を述べ、返礼は何がいいか聞くことにする。

箱を受け取ったフィオーラは、小さく蓋を開け中身をのぞきこんだ。

「これは……」

昼食に出されたレモンケーキと同じものだ。

レモンの酸味と苦みがクリームの甘さと合わさって、とても美味しかったのを覚えている。

（昼食の時はずっと社交用の笑顔で、表情には出さなかったつもりだけど……）

リグルドには見抜かれていたようだった。

（すごいわ。大国の王太子の方だけあって、とても優秀なのね）

思わず感心してしまった。

フィオーラはケーキを手に、アルムへと振り返った。

「アルムも一緒に食べませんか？　香草茶のお茶うけにしましょう」

「そのケーキ、リグルドからかい？」

ちらとケーキを一瞥すると、アルムが平坦な声で尋ねてきた。

「はい、リグルド殿下からです」

「……なら遠慮しておくよ」

「いらないんですか？」

「君に贈られたケーキなんだ。君一人で味わうと良いよ」

アルムはそう言うと、フィオーラとイズーを残し、部屋を出ていってしまった。

「アルム……？」

いつもよりそっけない彼の態度にとまどいながら、フィオーラはケーキ入りの箱を抱えていたのだった。


部屋から出たアルムは、廊下の扉に背中を預け立っていた。

扉越しにフィオーラの気配を感じながら、わずかに目を細めている。

（リグルド、か……）

かの王太子の顔を思い出すと、体の中心が焦げ付くような痛みを感じた。

（今日彼は何度も、フィオーラの手を握っていた）

その姿を見るたびに、アルムの心は乱れていた。

落ち着かず不安だったが、この国へ来る前にハルツから告げられた言葉を、思い出し耐えていたのだ。

『────あまりフィオーラをかまいすぎないようにしろ？　どういうことだい？』

『言葉通りの意味です』

　ハルツの発言に、アルムは眉をひそめた。

『何が言いたいんだい？　フィオーラは僕の主だ。主の傍に控えるのは、当たり前のことだろう？』

『アルム様のお気持ちはわかります。ですがそれでは、フィオーラ様が見くびられてしまうんです』

　やや言いづらそうに、しかし断固とした口調でハルツが続けた。

『アルム様の主として、フィオーラ様は大変注目を浴びています。当然、フィオーラ様を値踏みし利用しようとする人間も、この先もっと増えていきます』

『それがどうしたというんだい？　フィオーラを騙し利用しようとする人間は、僕が許さないよ』

　どんな相手がこようとも、アルムが動けばすむことだ。

　人間ではないアルムはアルムの理論で、フィオーラのために動くだけだった。

『……アルム様のお気持ちは尊いです。ですがこの先フィオーラ様にもいつか、一人で相手と渡り合わなければならない時がやってきます。その時までずっと、フィオーラ様の問題をアルム様一人で解決していると、フィオーラ様はアルム様がいないと何もできない人間だと、そう誤解され真の信頼を勝ち得ることが難しくなります』

『……フィオーラが、いらない苦労をするってことかい？』

『そうなるかもしれません。弱者に門戸を開く教団内部であっても、上に昇れば昇る程、厄介な人間を相手にしなければならなくなりますからね』

ハルツが苦笑を浮かべた。

捨てられたも同然に教団にやってきて、彼なりに色々苦労した経験が滲むようだった。

『……フィオーラ様はこのままいけば、わが教団で聖女になるお方です。聖女となれば、常に人目にさらされ、小さな失敗にも注目されるようになります。……ですから今のうち、失敗が小さな傷ですむうちに、色々と経験を積んでおいてほしいのです』

ハルツの説明は、アルムにもわかるところがある話だった。

（他の樹木に寄り掛かりきりで育った若木は、小さな嵐で折れてしまうことがある……）

フィオーラを大切に思うからこそ、手を出さずに見守る。

そういった関わり方があることは、アルムにも理解できた。

『……わかったよ。直接フィオーラに危害を加えようとする相手は別だけど、それ以外の相手に対しては、できるだけ前にでないようにしておこう』

ハルツとの会話を思い出し、アルムはため息をついた。

（ハルツにはあぁ言ったけれど……。思いのほか辛いな）

リグルドに触れられていたフィオーラを思い出すと、胸の奥が鈍く痛んだ。

彼からの贈り物のケーキを前に喜ぶフィオーラを見た時には、今よりもっと胸が締め付けられたのを覚えている。

(この体に詰まっているのは、人間を模したかりそめの臓器でしかないのに不思議だ……)

そっと胸に手を置き、アルムは考え込んだ。

人に似た姿をとっても、本質は人間と全くの別物だ。

あえて言うなら、イズーら精霊樹から生まれた精霊たちの方が、まだアルムに近いくらいだった。

(人間とそれ以外、か……)

少し前に関わった、ジャシルとクリューエルのことをよく覚えている。

種族の壁を越え寄り添っていた二人の影が、アルムの心に今も強く残っていた。

(フィオーラとはこの先も、ずっと一緒にいたいと思っているけれど……)

今でも十分、フィオーラはアルムを慕い思いやってくれている。

しかしそれだけでは足りないと、そう感じることが最近増えていた。

まだ足りない、もっと欲しいと、心の奥が叫ぶ時があるのだ。

(さっきフィオーラが僕の指を握った時も、ずっと触れていたいと思ったんだ)

不思議な感情だった。

嬉しくて、けど同時に苦しくもどかしい。

アルムが初めて味わう思いだった。

(僕はフィオーラと、どうしたいんだろう？)

目をつぶり考えても、一向に答えは思い浮かばなかった。

「また難しそうな顔をしてるわね」

「……モモ……」

廊下を滑空してきたモモが、アルムの頭の上に着地した。

アルムはわざわざ振り払う気にもなれず、モモにするがままにさせていた。

「あら、私に飛び乗られて大人しいなんて、本格的に悩んでいるのね」

「……煩くするなら他へ行ってくれ」

「行かないわよ。せっかくあんた向けの、助言を持ってきてあげたんだもの」

「助言……？」

アルムが問い返すと、モモが頭の上で口を開いた。

「あんたは世界樹で、フィオーラとは違うところばかりだけど……。それでも、感情を持つ生き物であることは同じよ。ならばきっと大丈夫だと、そう信じればいいのよ」

「……抽象的すぎて、何が言いたいかわからないよ」

「当たり前よ。答えはあんた自身の心しか、知らないことなんだもの」

訝しむアルムの頭を、モモの小さな指が撫でた。

「ふふ、いいじゃない。一回くらいこうして、頭を撫でてみたかったのよ」

「くすぐったいんだが……」

「……そろそろ落とそうか？」

「え、嫌よ。ちょっと待ちな――――きゃうあぁぁっ!?」

ぺしん、こてん、と。

アルムにはたかれたモモが、壁にあたり転がっていく。

「痛いわよこの恩知らずっ‼」

「勝手に乗ってきたのはそっちだろう」

怒るモモに、アルムは憮然とした声を返しながらも。

ほんの少しだけ心が、軽くなった気がしたのだった。

「リグルド殿下、昨日は桃のタルトをありがとうございました」

リグルドと顔を合わせ、フィオーラは礼を述べた。

フィオーラが彼と出会ってから、十日間ほどが過ぎている。

リグルドはフィオーラたち一行の旅へ加わり、よく行動を共にしていた。

そして事あるごとにフィオーラへと、贈り物をしているのだ。

（私の好物ばかりで美味しくいただいているけど、私の方も、リグルド殿下の好みに詳しくなってきたわ……）

もらいっぱなしは、気分的にも政治的にもよろしくないのだ。

リグルドへのお返しを選ぶため、フィオーラは彼の行動に注意を払うようになっていた。

「桃のタルト、瑞々しい桃に甘い砂糖がまぶされていて、とても美味しかったです」

「喜んでもらえて嬉しいよ。こちらがフィオーラ様からいただいた炙りナッツも、香ばしく美味しかったよ」

リグルドと二人、食べ物の話題で和やかに盛り上がった。

フィオーラは最初、大国の王太子であり、硬質な美貌の持ち主で、表情の動きも少ないリグルドに、近寄り辛さを感じていた。

しかし会話を重ねるうちに、苦手意識は消え去っている。

リグルドは飾らない、凛としつつも穏やかな性格の持ち主だ。

話していて落ち着くし、相性は悪くないようだった。

「……フィオーラ様に一つ、ご提案がございます」

「なんでしょうか？」

「私と婚約をしてもらえないだろうか？」

穏やかな、事務書類を読み上げるような声色で、
リグルドがフィオーラに突然、婚約を申し込んできた。

「っ、君はいきなり何を言って————っ！」

アルムが、リグルドの前へと飛び出した。

ざわりと髪が逆立ち、緑の瞳が激情をこらえるように、強い光を宿している。

殺気にも近い気配を放つアルムに、しかしリグルドは怯えはしていなかった。

「フィオーラ様に婚約を申し込んだんだ。アルム様は、この婚約に反対されますか？」

「僕は……」

言いよどむアルムに、フィオーラはそっと触れた。

（アルムは、私の婚約話に苦手意識を持っている……）

そんなアルムを落ち着かせるように、優しく腕を握った。

「アルム、落ち着いてください。リグルド殿下は私に、婚約を無理強いする気はないはずです」

「……わかったよ」

アルムも冷静さを取り戻したのか、小さく返事をこぼした。

「邪魔して悪かったね。……二人で話を続けてくれ」

物わかりよく引き下がってくれたアルムに、しかしフィオーラは、鈍い痛みを覚えてしまった。

（……駄目よ。今はまず、リグルド殿下にきちんとお返事をしないと……）

どう返すべきか、フィオーラは素早く考えた。

アルカシア皇国からの出迎えと付き添いとして、リグルドが派遣されてきた時から、薄々予想できていた展開だ。

地位・身分・容姿と三拍子揃ったリグルドと共に過ごさせることによって、フィオーラを恋に落とそうという目論見だった。

「……この求婚は、リグルド殿下のご発案ではないですよね？」

「あぁ、そうだ。誰とは言えないが、とある方にやってみろと言われたことだ」

艶っぽさの欠片もない、リグルドの言葉だった。

求婚の言葉としては失格かもしれないが、彼らしい飾らない直球な物言いに、フィオーラは小さく笑った。

（一応、名前は口を濁していらっしゃるけれど、王太子であるリグルド殿下に命令を出すことがで

きるのは、この国で国王陛下だけよね）

十中八九、リグルドの父親である国王・ネイザスの指示によるものだ。

リグルドと婚約をさせることで、フィオーラを王家に取り込もうとしているようだった。

「発案者は別人だが、私もできたら、フィオーラ殿と婚約をしたいと思っているよ。……この国の政治的な歪みを、フィオーラ殿もご存じだろう？」

「……王家と教団、二勢力の関係ですね」

アルカシア皇国は大国だ。

広大な領土を持ち、鉱石など各種資源にも恵まれている。

世界樹を擁し、名実ともに大陸一の大国だが、内部は一枚岩には程遠いのが現状だ。

多くの領地を所持し貴族たちを従える王家と、大陸各地に教会を持ち世界樹の恵みを得ている千年樹教団の二勢力が、水面下で常に権力争いをしているようだった。

「わが国は一つの体に、二つの頭がついているようなものだ。しかもその二つの頭で、いつも争っているような状態だ。今のところ大きな破たんは避けられているが、危うさを孕んでいるのは間違いない」

「……私とリグルド殿下が婚約をすれば、二つの頭の喧嘩が、治まるかもしれないということですね」

フィオーラは千年樹教団の中で高い地位につくはずだ。

今はまだ、千年樹教団の本部へと向かう道すがらであるため不確定だが、現行の聖女に代わって、聖女になるかもしれない。聖女と王太子の結婚ならば格として釣り合うし、王家と千年樹教団の架け橋としてこれ以上なくわかりやすかった。

「そういうことです。ここのところフィオーラ様の人柄も見させていただいたが、大変聡明で心優しい方だと思っている。婚約相手として、とても好ましいよ」

「……ありがとうございます。ですが……」

フィオーラとしては、婚約を簡単に受けることはできなかった。

「すぐに返事ができることでないのはわかっている。ただ一度真剣に、私との婚約を考えておいてくれ」

好ましい返事を待っている、と。

リグルドは話を結んだのだった。

求婚の意思を伝え、リグルドが去っていった後。

フィオーラはじっと悩んでいた。

(政治的に考えるなら、きっとこれ以上ない婚約よ)

婚約相手のリグルドも、人間的に信頼できそうな相手だ。

これより政治的な条件が良い求婚者は、そうそう現れないはずだった。

(アルカシア王家と千年樹教団の足並みがそろうようになれば、もっと上手に黒の獣への対策ができるようになるかもしれないし……)

フィオーラはアルムの主として、とても大きな力を手にしてしまっている。

この力を上手く使い、多くの人の役に立ちたいと、最近考えることが多くなった。

(そう考えると、リグルド殿下との婚約はとても好ましいけれど……)

問題は、フィオーラの抱える、アルムへの思いだった。

今はまだできるだけ、心の奥のその感情の、名前を直視しないようにしているけれど。

アルムと触れ合うたび無視できない程、その感情は大きくなっている。

「アルム……」

「なんだい?」

フィオーラははっとした。

つい、心の中の思いを、唇からこぼしてしまっていたようだ。

「僕に何か、頼みたいことでもあるのかい?」

どことなく嬉しそうに、アルムが身を乗り出してきた。

ここのところアルムはフィオーラから呼ばれない限り、動かないようにしていた。

先ほど、リグルドの求婚に口を出しかけたのは珍しいくらいだ。

「いえ、その、頼みごとがあるわけではないのですが……」

アルムのことを考えていました、と言うわけにもいかず、フィオーラは誤魔化しの言葉を探した。

「……そうだ、アルムは、さっきのリグルド殿下の求婚を、どう思いましたか?」

「リグルドの求婚?」

アルムの声が、冬を迎えたように冷え込んだ。

「………悪くない話だと思うよ。打算ずくめの提案に見えたけど、リグルド自身は誠実そうだ。……フィオーラのことも、きっと大切にしてくれるさ」

「………そうですね」

アルムの返答に、フィオーラは一人打ちのめされていた。

（私、リグルド殿下との婚約に反対してくれたらって……）

心のどこかで期待し、アルムに望んでしまっていたのだ。

勝手に期待し、勝手に落胆（らくたん）してしまった自分に気がついて。

フィオーラは自嘲（じちょう）するしかなかった。

「アルム、答えてくれてありがとうございました。リグルド殿下との婚約について、私なりに前向きに考えてみますね」

そう言ってフィオーラは、自らの感情に蓋をしたのだった。

――――ちなみに、その日。

フィオーラたちのいたアルカシア皇国西部は、大雨に見舞（みま）われることになる。

十数年に一度とも言われる悪天候と、アルムの感情を結び付けて考えるだけの余裕（よゆう）は、残念ながらその日のフィオーラにはないのだった。

アルカシア皇国西部に、十数年に一度の大雨が降った三日後。

フィオーラは旅の最終目的地である、千年樹教団の本部へと到着することになった。

「わあっ……！」

頭上を見上げ、フィオーラは歓声を上げていた。

「すごい……!!　ここからでも、世界樹様の全体は見えないんですね……！」

首を反らし、上へ上へ。

視線を持ち上げていっても、世界樹のてっぺんは見えなかった。

あまりの高さに、上部が雲の層に隠れてしまっているためだ。

「あの幹も、どれくらい太いんでしょうか……？」

あまりに大きすぎ、感覚が狂ってしまいそうだ。

百人のフィオーラが手をつなぎ輪を作っても、おさまりそうにない大きさだった。

世界樹は銀の幹に緑の葉を大きく広げ、世界を見渡すように直立している。

「きゅきゅっ!!　きゅきゅきゅきゅきゅっ!!」

イズーも興奮し、とても楽しそうにしている。

精霊であるイズーにとって、世界樹は近しくも尊敬できる存在だ。

初めて直にその威容を目にし、興奮がおさまらないようだった。

「もう、そんなにはしゃいじゃって。お子様なのね」

一方、同じく精霊であるモモは、フィオーラの肩の上で平然としていた。

無理に感情を押し殺している様子もなく、ごく平常心のようだった。

「モモは世界樹様を見ても、いつも通りなのね」

「……慣れよ慣れ。別に、初めて見るわけじゃないもの」

「ここへ来たことがあるんですか？」

「昔ね」

フィオーラは問いかけるが、モモに応える気はないようだ。

まるで普通のモモンガのように、鼻先をくしくしとしている。

（モモの過去って、どんなことがあったんだろう……？）

謎多き精霊だ。

フィオーラがモモを撫でていると、視界の端に銀と緑がよぎった。

（アルム……）

世界樹を背後に立つアルムは、まるで一幅の名画のようだった。

先端に行くにつれ緑を帯びる銀髪。若葉を思わせる二つの瞳。

世界樹と同じ色を持つアルムは、人の姿をとっていても次代の世界樹なのだと、そう思わせる説得力があった。

（あ……）

視線に気づかれたのか、アルムが顔を逸らしてしまった。

リグルドの求婚を相談して以降なぜか、ぎこちない雰囲気がアルムとの間に漂っている。

（……気まずいけど、今は他にも、集中することがあるわ）

フィオーラたちが向かうのは。千年樹教団の本部。

当代の聖女と、話をするためだった。

千年樹教団における聖女の称号は、一つの家系の女性により受け継がれていた。

千年前、世界樹によって見いだされ、多くの奇跡の力と聖なる華の印、聖華を与えられた少女。

彼女こそが初代聖女であり、歴代の聖女は皆、初代聖女の末裔だった。

今の聖女は五十六代目。

セライナという名前の、二十六歳の女性だった。

「初めまして。私が当代の聖女を務めるセライナよ」

玲瓏たる声が、聖堂へと響いた。

長くたなびく金糸の髪に、青色の瞳の美しい女性だ。

美しい刺繍に彩られた、豪奢な白のドレスを着こなしている。

「……フィオーラ・リスティスです。次代の世界樹の主に選ばれました」

名乗りを上げながらも、フィオーラは腰が引けそうだった。

セライナの放つ圧倒的な存在感に、気後れしてしまった。

（美人でキラキラしていて、それにとても堂々としていて威厳（いげん）があるわ）

茶色の髪に水色の瞳。貧相（ひんそう）な体つきのフィオーラとは比べるべくもない神々（こうごう）しさだった。

「フィオーラ、あなたの活躍（かつやく）は聞いているわ。いくつもの精霊樹を復活させ、精霊を誕生させたのでしょう？」

「はい。アルムが助けてくれたおかげで、こうしてイズーとも出会えました」

「きゅっ‼」

イズーが元気よく鳴き声をあげた。

聖女セライナに気圧（けお）された様子が全くないあたり、さすがは精霊ということかもしれない。

「そう。噂（うわさ）はすべて本当だったということね」

こつこつと床（ゆか）を鳴らし、セライナがフィオーラの方へ歩み寄ってきた。

逃（に）げたい、と。

反射的に思ってしまったが、フィオーラはなんとか前を向いていた。

「フィオーラ、あなたは聖女の座を望むのかしら？　十年以上、聖女として振る舞ってきた私を、蹴落（けお）とそうということ？」

「……違います」

圧力を感じながらも、フィオーラは口を開いた。

「私はアルムの力を生かすために、正式な次代の世界樹として認めてほしいのです」

「そう。私の持つ聖女の地位なんか、眼中にないということね」

セライナが笑みを浮かべた。

美しいが、感情の読めない笑いだった。

「あなたは次代の世界樹の力を使い、どんなことをしていきたいのかしら？」

「……黒の獣に、人々が脅かされないようにしたいです」

「それだけ？　本当にそんなことしか、あなたは望んでいないの？」

フィオーラの返答は、問題外とでも言いたげな様子だった。

「あなたはこの地にくるまでに、魔導具を扱う集団と遭遇したと聞いているわ」

「はい。サハルダ王国で出会いました」

魔導具を使い、千年樹教団を突き崩そうと動く集団。

フィオーラはあの後直接関わっていないが、ジェスらの証言を基に、今も調査と対策が行われているらしかった。

「彼らは教団に弓引き、世界そのものさえ脅かす異端よ。魔導具と黒の獣の関係について、あなたは知っているかしら？」

「……アルムから教えてもらいました」

「どの程度？　説明してちょうだい」

「魔導具を使うとマナと呼ばれる存在が変質し、変質した黒いマナから、黒の獣が生まれるということです」

それが今のフィオーラと、そしてアルムがもつ魔導具に関する知識のおおよそだ。

フィオーラの説明に、セライナは深い青の瞳を細めている。

「ふうん。結構知識に抜けがあるのね。次代の世界樹と言っても、まだ正式にこの世界に根付いていない以上、しょうがないのかしら」

「……ならば君は、何を知っているというんだい？」

セライナの挑発じみた言葉を、アルムがまっすぐに打ち返した。

「色々と、役に立つことも役に立たないことも知っているわ。……魔導具に関してならそうね……。代々聖女の間で伝えられている事柄について、少し歴史の講義をしてあげましょうか」

――――千年の昔。

大陸中に黒の獣があふれ、人間は追い詰められていた。爪で引き裂かれ、生活圏を奪われ、苦しみと絶望の果てに死んでいく人間たち。

悲惨な状況だが、それは人間の犯した罪の結実だ。

当時の人間は、魔導具を戦争の道具として使用していた。

やまない戦火に人口は激減し、魔導具の乱用により生まれた数えきれない黒の獣に、牙をむかれたのだった。

「当時の人間は魔導具を使うことで空を飛び、遠く離れた人間と話すことさえできたそうだけど……

争いの果てにほとんどが死に絶えてしまったわ。……そしてそんな滅亡寸前の人間を救ってくださったのが、世界樹様ということよ。私たち千年樹教団は千年前の悲劇が繰り返されないよう、残された魔導具を封印し、使用を禁じてきたの」

「……そんな歴史があったんですね」

「そう、歴史よ。歴史は繰り返すというでしょう？　今でも残された魔導具を使ったり複製品を作り出した人間が悪だくみをしているもの。懲りないわよね」

馬鹿な人たち、と。

セライナが吐き捨てるように言った。

「フィオーラ、あなたは私の話を聞いてどう思ったかしら？　あなたに自由にできる権力と人材が与えられたら、魔導具にどう対処するつもり？」

「私は……」

フィオーラは少し迷い、セライナの顔色をうかがい、しかし率直な自身の意見を述べることにした。生きるために魔導具を手に取った、ジェスのことを思い出したのだ。

「……魔導具についての正しい知識を、もっと広げるべきだと思います」

「どういうことかしら？」

セライナの眉が跳ね上がった。

「サハルダ王国の人たちは、魔導具の危険性も知らず手にして乱用してしまったんです。正しい知識があれば、その過ちは防げたと思います」

「だとしても、魔導具の知識を公にして広げれば、よりたくさんの人間が、魔導具を求めるはずよ」

「もちろん、その可能性はあります。……ですがお言葉ですが、現時点で既に、それなりの人間が、正しい知識もなく魔導具に手を出しているのですよね？」

「忌々しいけど、その通りね」

「……だとしたら。知識を秘匿し頭ごなしに禁じるより、正しい知識を広めた方が、よい結果になるかもしれないと、私は思うんです。……それに今、セライナ様は仰っていました。かつて人間が、魔導具を使い繁栄していたのなら、上手く魔導具と付き合い研究し、黒の獣の素になる物質の生成を少なくすることができたら、より多くの人間が、幸せになれるのではないでしょうか？」

「……甘ったるい理想論ね」

フィオーラの言葉を、セライナは一言で切り捨てた。

笑顔のままだが、対話の門は閉じられたようだ。

「もういいわ。私、これから予定があるの。帰ってもらえるかしら？」

（セライナ様に、呆れられてしまったわ）

聖堂を出たフィオーラは、唇を噛みしめていた。

自分なりの考えを伝えたつもりだったが、セライナからすれば戯言のようだった。

「もうっ！　そんなに暗い顔をしないの！」

落ち込むフィオーラの頬をぺしぺしと、モモがはたいていた。

「あっちにはあっちの考えがあるって言うだけじゃない。どっちが正しいかなんて、結果が出るまで誰にもわからないものよ」

「……ありがとうございます」

慰めてくれるモモを撫でながら、フィオーラは前を向いた。

(何年も聖女を務めてきたセライナ様に、簡単に認めてもらえなくても当然よ……)

世界樹の代替わりの儀式の詳細を知っているのは、セライナなど教団上層部の一握りだけだ。

彼女らにフィオーラは認めてもらわなければならないが、初めから上手くいくと思うのは甘いようだった。

(まずは、自分のやるべきことを、こなしていかなくちゃいけないわ)

落ち込んでいた気分を強引に切り替えた。

この後、また大きな予定が入っている。

アルカシア皇国国王・ネイザスへの謁見だった。

「フィオーラ・リスティスです。ネイザス陛下にお目にかかり、光栄の限りです」
謁見のためにと用意された一室で、フィオーラは礼をした。
上座に座るネイザスを見ると、なぜか目を見開いている。
(もしかして何か、私の言動に失礼があったのかしら?)

次期世界樹の主であるフィオーラはある意味、国王であるネイザスよりも大きな力を持っている。しかし争いは避けたいため、できる限り相手の立場についても、尊重していきたいところだ。

何か粗相があったのかと不安に思っていると、ネイザスが咳ばらいをした。

「……ようこそ、我が国にいらっしゃった。フィオーラ殿の出身は、ティーディシア王国だと聞いているが、間違いはありませんな？」

「はい。陛下がお聞きになっている通りです」

「……そうか」

ネイザスは何やら、気になることがあるようだった。

（どうしたのかしら？）

フィオーラは疑問に思い、ネイザスをそっと観察した。

今年五十四歳になるというネイザスは、息子であるリグルドと同じ黒髪の男性だ。二十一年前、当時の国王夫妻が亡くなったため、王弟であったネイザスが国王になったらしかった。

（特に気になる事柄はないけれど……）

フィオーラは内心首を捻りつつ、当たり障りのない会話をネイザスと交わし、謁見は終了したのだった。

フィオーラが去った謁見の間にて。

ネイザスは額に手を置き思考に耽っていた。

「まさか、そんなことがありうるのか……？」

ぶつぶつと呟き、堂々巡りの思考を繰り返していると、

「陛下、お手紙が参っております」

「後にしろ」

言い捨てたネイザスだったが、前言を撤回することにした。

もし何か、火急の用件の手紙であれば後回しにできなかった。

手紙を受け取り、差出人を確認し内容をさらったネイザスだったが、

「なんだと……？　だとしたらやはり……」

手紙に記された思いがけない事実に視線を険しくし、思考を巡らせていったのだった。

聖女セライナに国王ネイザスという大人物と、たて続けに会話を交わしたフィオーラ。

しかしそれで何か、大きく立ち位置が変わるということもなく、千年樹教団本部での逗留を続けていた。

（……こうしている間にも、黒の獣の被害は増えているはず）

そう思うと、焦燥感が止まらなかった。

弱った衛樹の元へ向かうべきかと考えるが、それではどこまでも、対症療法にすぎなかった。

（大本の原因は、今の世界樹の力が弱まっていること。アルムに代替わりをすれば、大陸全土の黒の獣に対処できるみたいだけど……）

肝心の代替わりの方法。

どうすればアルムが、名実ともに世界樹としての力を全開にすることができるのか、見当がついていなかった。聖女セライナの協力が得られない今、時間がただ過ぎていくばかりだ。

（アルムも代替わりの手順についての、詳しい知識は持っていないみたいだし……）

手詰まりだった。

本当にいざとなったら、セライナから強引に聞き出すことも考えられるが、もしそれで失敗した場合、取り返しがつかなくなってしまう。

（……代替わりの儀、どういったものなんだろう。アルムの知識によると、今の世界樹様が二十二年前、アルムたち次代の世界樹の種を生み出したのよね）

そしてフィオーラの母親であるファナが、どこからか世界樹の種を手に入れ、フィオーラと共に育てたのだ。

入手経路が気になるがファナは故人であり、他に尋ねるあてもなかった。

「……フィオーラお嬢様、もうそろそろ、リグルド殿下がいらっしゃるお時間です」

ノーラが予定を告げてきた。

リグルドは求婚活動の一環なのか、フィオーラに足しげく会いにくるのだった。

フィオーラはリグルドと共にお茶をしながら、雑談を交わしていた。

「――――ほぅ、それでは、アルム様の名付け親は、フィオーラ様なんですね」

「名付け親というほど、大層なものではございませんが……」

軽く苦笑し、アルムの名付けの経緯を語った。

「昔、母が語ってくれた物語の、登場人物からつけているんです。本名はアルムトゥリウスというのですが、長くて呼びにくいので、普段はアルムと呼ばせてもらっています」

「アルムトゥリウス……？」

発音しづらいアルムの本名を、リグルドは一発で正しく口にした。

「リグルド殿下、すごいですね。昔は私も言いづらくて、結構練習したんですよ」

「そうか……。良い響きだが、確かにいささか、呼びにくい名前だな」

アルムトゥリウス、アルムトゥリウス、と。

何かを確かめるように、リグルドは名前を繰り返したのだった。

転機となる日は、意外と早く訪れることになった。

ネイザスと面会してから十六日後。

フィオーラの元へセライナから、一通の手紙が届けられたのだ。

「世界樹の代替わりの方法を教える……？」

フィオーラは一瞬、自分の目を疑ってしまった。

もう一度手紙を見て、それでようやく、見間違いでも勘違いでもないと認識した。

「……あら、やったじゃない。これで色々と、前進するんじゃないかしら？」

手紙を覗き込み、モモが興味深そうにしている。

（嬉しいけど……。でもどうして？　何がセライナ様を、心変わりさせたんだろう……）

フィオーラはまだ、セライナに認められるようなことはしていないはずだ。

「……きちんと準備してから行かないと……」

若干の不安を覚えながらも、フィオーラはセライナの元への訪問準備を始めたのだった。

「フィオーラ、よく来てくれたわね」
セライナが指定したのは、世界樹を囲む柵の切れ目。出入りのための門の部分だった。中心にある世界樹がとても大きいため、その円周の一部であるような門は、ほぼ直線に見えた。
「世界樹様の代替わりの方法は、実は簡単なことよ」
すらりと右腕を持ち上げ、セライナが世界樹を指さした。

「世界樹様の根元に行って、幹に手を触れるの。そうして今の世界樹様とつながって、認められることができれば、晴れて代替わり成功よ」

「今の世界樹様に、認められる……」

フィオーラはごくりとつばを飲み込んだ。

「今の世界樹様と、お話しすることができるのですか？」

少し意外だった。

世界樹は偉大だが、ただ黙して人々に恵みを与える存在だと、多くの人々は認識していた。

そんな世界樹と、はっきりと意思疎通ができるとは予想外だ。

「人間では難しいわ。でもアルムなら大丈夫よ。彼は世界樹様から生まれ、性質を受け継いでいるもの」

セライナは滔々と語ると、アルムへと視線を流した。

「どう？　今の世界樹様に、認められる自信はあるかしら？　今ならまだ、引きさがることができるわよ」

「……フィオーラが望むなら、僕は進むよ」

アルムの緑の瞳が、フィオーラを正面に捉えた。

「……アルム、お願いします」

フィオーラは言いつつも、心の中では不安が居座っていた。

（アルムが次代の世界樹として認められたとしたら……。もしかしてもう人間の姿でいられなくなって、話すこともできなくなってしまうのかしら……？）

世界樹の代替わりは、記録に残る限り初めてだった。

その結果何がどうなるのか、誰もわからないのである。

（けれど、それでも……）

黒の獣の脅威（きょうい）を退けるためには、世界樹の力が必要だった。

フィオーラにできるのは不安を見せないようにして、アルムの手を取り進むだけだ。

「アルム、行きましょう。一緒に今の世界樹様のもとへ、い――」

「駄目よ」

セライナがぴしゃりと言い切った。

「今の世界樹様と次代の候補者が触れ合うと、大きな変化が訪れると伝えられているわ。その時近くに人間がいたら、余波を被（かぶ）って危険よ」

「そんな……」

「……わかったよ」

アルムが頷（うなず）いていた。

「僕が行って、幹に手を触れてくればいいんだろう？　イズーやモモも連れてきているんだ。フィオーラはイズーたちと、ここで待っていてくれ」

「アルム……」

一人送り出す形になるアルムの手を、フィオーラはぎゅっと握りしめた。

その瞬間には、ここのところの気まずい関係も忘れ、ただアルムへの思いだけで満たされていた。

「待っています。だから必ず、無事に帰ってきてくださいね」

「……あぁ、約束しよう」

アルムは一瞬、瞳を大きく見開くと、フィオーラの手を握り返した。

「僕が今の世界樹に認められれば、フィオーラの望みは叶うんだ。認められて、必ず帰って来てみせるよ」

アルムは微笑むと、世界樹へと歩いていった。

地面に隆起する根を乗り越え進み、幹へと近づいていく。

世界樹の真下に辿り着いたアルムは枝葉を見上げ、幹へと手を伸ばして――

「っ‼」

瞬間、ぐわりと。

空間に何かが走っていった。

巨大な存在同士の接触の、その余波の一部のようだった。

(アルム……！)

はらはらと見守るフィオーラの視線の先で、アルムは微動だにしなかった。

幹に手をあてたまま、ずっと黙り込んでいる。

心配になって見守っていると、フィオーラはすぐ近くに異変を見つけた。

「……イズー？」

代替わりを見届けなければ、というように、イズーが世界樹を見つめている。

フィオーラの呼びかけにも答えず、まるで置物のようになっていた。

(……アルムと、同じような状態なの？　イズーは精霊だから、何か影響を受けているのかも……？)

不安が降り積もっていく。

フィオーラが冷や汗を流していると、セライナが声をかけてきた。

「代替わりの儀式は、それなりに時間がかかると書かれていたわ。待っている間、私とお茶でもしましょうか」

有無を言わせぬ口調で、セライナが微笑んだのだった。

6章　代替わりの儀と、母と子と

アルムが、代替わりの儀式を行うのを待つ間。

セライナに誘われるまま、フィオーラは紅茶を口にしていた。

淹れられた紅茶は冷めきっているが、まだアルムに動きはないようだ。

「ふふ、そんなに気になるのかしら？」

セライナは美しい所作で、紅茶のお代わりを傾けている。

フィオーラはただ黙り、アルムを見守っていたのだが――――

「え？」

かくり、と。

テーブルへと、頭が崩れ落ちてしまった。

「……薬が効いてきたようね」

セライナが席を立った。

「陛下、約束は果たしました。下準備は整えましたから、後はご自由にどうぞ」

「――――ご苦労だったな」

セライナの背後からネイザスが、姿を現したのだった。

「……ネイザス陛下、なぜここに？　これはいったい……」

テーブルへ頭をつけたまま、フィオーラは瞳と口だけを動かした。

ネイザスは暗い瞳で、フィオーラをじっと見下ろしていた。

「フィオーラ、よりによっておまえが、次期世界樹の主になどなるから悪いのだ」

「それ、はどういうことで――」

「久しぶりね、フィオーラ」

フィオーラは瞳を見開いた。

聞きなれた、二度と聞きたくない声だった。

「リムエラ義母様……？」

「そうよ。随分愉快なことになっているじゃない」

毒の滴るような笑みを、リムエラはフィオーラへと差し向けた。

いささかしわが増え老け込んでいるが、瞳は爛々と輝いている。

「これでおまえも終わりよ。欲をかかず大人しくしてれば、もう少し長生きできたかもしれないのに残念ね？」

「何が、どうなっているんですか……？」

「わからない？　馬鹿な子ね」

くすくすと心底楽しそうに、リムエラが笑い声をあげている。

「何もわからず死ぬのもかわいそうだし、最後に私が教えてあげるわ」

余裕たっぷりに、憎い相手を見下ろす快感に、リムエラは頭まで浸っていた。

「おまえはおまえの母親の出自について、どこまで知っているかしら？」

「……お母さまは平民出身の侍女で……」

「そんなの嘘っぱちよ、あの女はね、本物のお姫様だったのよ」

「え……？」

フィオーラの喉から、かすれた声が飛び出した。

信じられないといったその様子に、リムエラが唇を歪めた。

「そう、お姫様よ。いつだってちやほやされ可愛がられて、それを当たり前に思っていた……反吐が出るような、生まれながらの主役があの女よ」

瞳に憎悪をたぎらせながら。

リムエラは長年の恨みを、フィオーラへとぶつけていった。


——フィオーラの母親・ファナは生粋のお姫様だった。

本名はファティシエーナといい、両親は、アルカシア皇国の前国王夫妻だ。

祝福され生まれ、愛されて育っていった、ファティシエーナことファナ。

体が弱かったが、両親に溺愛されて箱入りに育てられ、幸福な人生と言えたはずだ。

しかしその幸福は、ファナが十八歳の日に、粉々に砕け散ってしまった。

ネイザスの手により、ファナの両親が事故に見せかけて殺されてしまったのだ。

命の危険を感じたファナは、身分と名前を捨て逃げることになる。

遠く遠く。異国の縁者を頼り、平民と身分を偽り逃げ延びたのだった。

「————そうしてファナがやってきたのが、私の実家の男爵家だったのよ」

リムエラが吐き捨てるように言葉を紡いだ。

「私の両親は昔あの女の両親に世話になったからと、あの女を受け入れたわ。平民として雇い、私の侍女をさせていたのだけど……」

ぎり、と。

リムエラが唇を噛みしめた。

「なのにあの伯爵がっ！　あんたの父親があの女にたぶらかされたのよっ‼」

あの日のことを、あの日の屈辱を、リムエラは今でも鮮明に覚えていた。

身分を偽り働いていたファナに、伯爵が一目ぼれしてしまったのだ。

『俺は、あの美しい侍女を愛人に欲しい。リムエラをうちの伯爵夫人に据えてやるから、ファナをうちへ連れてきてくれ』

そんな要求に、リムエラの両親は最初反対したが、伯爵家からの圧力には抗しきれず、ファナを手放すことになった。

ファナのついで、おまけとして、リムエラは伯爵夫人の座を手に入れたのだ。

「忌々しいわっ‼　憎くて憎くて、だから、あの女が死んだ時はせいせいしたわ。……なのにおまえが、あの女の娘であるおまえが、また私の幸せを邪魔しようとするから！　だからこんなことになったのよ‼」

テーブルに伏せたフィオーラへ、リムエラは激情のままに叫んだ。

呼吸を荒らげ、積年の恨みを晴らそうと激情していた。

「ふふ、あははははっ‼　あははははっ‼　良い気持ちよぉ‼　おまえはもう終わりよっ‼　薬が回って、まともに舌さえ動かせないから、ご自慢の樹歌だって使えな――」

「リムエラ、少し落ち着け」

甲高い叫び声に辟易したのか、ネイザスがリムエラを制止した。

「おまえが優れていることは、私が認めているよ。おまえがくれた手紙のおかげで、こいつがあのファナの娘だと、確信を持つことができたからな」

ネイザスは、フィオーラと初めて会った時の衝撃を思い出した。

フィオーラは、母親のファナに生き写しだった。

ファナは箱入り姫だったため、他に気づいた者はいなかったが、それも時間の問題だったはずだ。

(まさかファナが生き延びていて、娘まで作っていたなんて予想外だ。しかもその娘がよりによって、次期世界樹の主になるなんてなっ……！)

一歩間違えれば、ネイザスが築き上げてきたすべてが瓦解する危機だった。

どうにかフィオーラを始末しようと、必死に考えたのだった。

(……おかげでこうして何とかなりそうなのだから、天運は私にあるようだがな)

フィオーラ本人に恨みはないが、生かしておくことはできなかった。

剣を抜き放ち、フィオーラへと向けたところで――

「……そういうことだったんですね」

「……なっ……!?」

むくり、と。

薬が効いているはずのフィオーラが、起き上がったのだった。

「なぜだ……？」

呆然としたネイザスの声を聞きながら、フィオーラは体を起こした。

「薬が効いていないのか!?　あの聖女、約束を破って――」

「しっかり効いていましたよ」

確かに薬は効いていたのだ。

しかしフィオーラはいかなる薬や毒であっても、効果を消す手段を持っていただけだ。

(アルムの血は、万能な薬だもの)

事前に分けてもらった血を小さなガラス瓶につめ、隠し持っていたのだ。

ほんの数滴だったが、アルムの血の効果は劇的だった。

すっかり回復したフィオーラは動けないフリをして、リムエラたちが気持ちよくしゃべるのを聞いていたのだ。

「っ、このっ‼　薬すら効かないなんて、おまえ、やっぱり化け物なんじゃないの⁉」

リムエラが喚き散らしながら、ネイザスの手から剣を奪い取り、フィオーラへ振り回し始めた。

「さっさと死にな――――ぎゃあっ⁉」

髪を引っ張られ、リムエラが絶叫している。

フィオーラが樹歌で生み出した蔓に捕らえられ、たちまち縛り上げられていった。

「っ、くるなくるな――――っ⁉」

リムエラに続き、フィオーラは手早くネイザスを蔓で無力化した。

二人まとめて蔓で縛り上げ、動けないよう転がしておく。

命を狙われた以上、見逃す選択肢はないのだった。

（これで一段落。でもきっとそろそろ――――）

「あら、不細工なミノムシが二匹、ごろごろと転がっているわね」

フィオーラの予感は的中した。

ネイザスらを見下ろしながら、セライナが歩み寄ってくる。

悠々としたその姿に、フィオーラは拳を握り込んだ。

「……これは全部、セライナ様が仕組んだことですよね？」

「ええ、そうよ。よく気づいたわね」

「……すごく、怪しかったですから……」

これといったきっかけもなく、セライナがフィオーラへの態度を軟化させ、世界樹の代替わりの情報をよこしてきたこと。

フィオーラをアルムから離してから、わざわざお茶に誘ってきたこと。

（……どう考えても、何か企んでいます、っていう、不自然な点ばかりだったもの）

フィオーラはため息をついてしまった。

「……セライナ様の目的は、私を試すことですよね？」

セライナは笑ったまま、肯定も否定もしなかった。

ただ愉快そうに、フィオーラの推理に耳を傾けている。

「私が紅茶を警戒し薬に気づくかどうか、気づいた薬にどう対処するのか、ネイザス陛下たちをどう無力化するのか……全部観察していらっしゃったんでしょう？」

「正解よ」

セライナがにっこりと、悪戯っ子のように笑った。

「フィオーラのことが気になっている時、ちょうど陛下が、私に話を持ち掛けてきたのよ。『おまえの聖女の地位を脅かすフィオーラを始末してやるから協力しろ』って、そう接触してきたわ」

「……セライナ様はそれを逆手にとって、私を試す材料にしたんですね？」

「お馬鹿な陛下を、有効活用してあげただけよ」

私、馬鹿って嫌いなのよ、と。

セライナが呟いた。

「……ネイザス陛下本人が、直接この場にやってきたのも、セライナ様が手を回したんですか？」

「そうよ。『紅茶に薬を仕込む役割の私だけが、直接手を汚すのは嫌。陛下たちにも同じように、現場でフィオーラに手を下してください』って頼んだら、しぶしぶ了承してくれたわ」

滔々と語るセライナに、フィオーラは軽く恐怖を覚えた。

国王であるネイザスに対してさえ、セライナはまったく遠慮していなかった。

「……セライナ様はどうして、そこまで手を回して、私を試そうとしたんですか？」

「あなたがアルムの主だからよ」

セライナがフィオーラをまっすぐに見つめた。

「控えめに言ってあなたの存在に、世界の運命がかかっているのよ？　気合を入れて、試したくなるに決まっているでしょう」

「……ですがその割には、一歩間違えれば、私が死んでいた計画に思えるのですが……」

「その時はその時よ。今回の試しを乗り越えられない人間が次期世界樹の主になるくらいなら、主の座が空の方がまだマシだと思うもの」

そう言ってセライナは、小さく肩をすくめた。

「あなたは魔導具への意見といい、未熟で甘いところばかりだったもの。こうして試してみなきゃ、次代の世界樹を任せることなんて、とてもできないと思わないかしら？」

「それは……」

もっともな指摘に、フィオーラは黙り込んでしまった。

まだまだ足りないところばかりなのは、誰よりフィオーラ自身が痛いほど分かっているからだ。

「ふふ、可愛らしいわね。あなたは甘くて未熟だけど……。それは誇ってもいいことよ？　未熟ということは、成長の余地があるということ。それにあなたの掲げる、魔導具への理想は甘ったるいけど、世の中そんな甘い理想でさえ、掲げられない人間が大半なんだもの」

あなたには期待してるわよ、と。

笑いながらも真剣な声で、セライナが告げたのだった。

（セライナ様の期待を裏切らないためにも、成長しないといけないわ）

フィオーラは小さく息をつくと、世界樹の幹を見つめた。

（あとは、アルムが戻って来てくれれば一段落ね……）

依然アルムは世界樹の幹に手をつけたまま、微動だにしていなかった。

「セライナ様、教えてください。どうすればアルムを、元に戻すことができるんですか？」

「触ってあげなさい」

セライナが世界樹を見つめた。

「今回、私は色々と企んでいたけど、代替わりの儀自体は本物よ。儀式が成功していればあなたが触れることで、アルムは元に戻るはずよ」

「私が触る……」

自らの手を、フィオーラは握り込んだ。

（……本当にそれだけで、アルムは元に戻るの？）

不安は尽きなかった。

しかし他に頼れる方法がないのも事実だ。

一つ深呼吸して息を整えると、フィオーラは世界樹へと向かっていった。

流れ込む、流れ込む、流れ込んで攪拌されていく。

────(これは……)

アルムは瞬きをしようとして、瞼が存在しないことに気づいた。

瞼も瞳も口も手も何もないのに、ただ五感だけが刺激されている。

乱舞する色彩。身に覚えのない思い出。香る光と土の感触。

誰かの笑顔と悲鳴と緑と光と記憶と記憶と流れ込み溢れる何かだった。

(……これは僕の先代、世界樹が千年の間、見てきた記憶の奔流だ)

世界樹へと触れた瞬間、強い衝撃を受けたのは覚えている。

しかしその後の記憶は曖昧で、気づけば肉体を離れ意識だけの存在となって、どことも知れない空間を漂っていた。

(どうすればいい？　いや、僕は、何をしたかったんだ？)

望みがわからない。自分の感情が思い出せない。

自我の輪郭が曖昧になっていく、そんな感覚だけが確かなものだった。

明滅する記憶と、流れ込んでくる膨大な情報。

千年に及ぶ世界樹の記憶と存在に、まだ百年も生きていないアルムの自我は、押しつぶされていった。

（僕は――――）

今は存在しない腕を伸ばすように。

何かを求め、アルムは思考を瞬かせ――――

「アルム‼」

――――その声が触れた場所から鮮やかに。

（そうだ、僕は……）

アルムは輪郭を取り戻し、望みを思い出したのだった。


「フィオーラッ‼」

アルムに手を触れ、名前を呼んだ瞬間。

人形が命を吹き込まれるようにして、アルムがフィオーラに抱き着いてきた。

「アルム……‼」

アルムが確かにここにいるのだと確信したくて。

フィオーラは力一杯、アルムを抱きしめ返した。

（よかったっ……！）

安堵と喜びが、フィオーラの全身を満たしていった。

アルムがいて、触れて、話しかけてくれる。

今はそれだけで、すべてが満たされていた。

「本当に良かったです……。代替わりの儀式を、無事終わらせることができたんですね？」

「……あぁ、そうみたいだ」

少しだけ間を空けて、アルムがうなずく。

「世界樹が経験してきた記憶と知識と、他にもたくさんのものが流れ込んできて……。あまりの量の多さに意識が消えかけたところに、フィオーラの声が聞こえて戻ってこれたんだ」

体の調子を確かめるように、アルムが手を握ったり開いたりしていた。

「うん、完全に馴染むまでもう少し時間がかかりそうだけど、問題ないと思うよ。フィオーラさえ傍にいてくれたら、今の僕は何だってできそうだ」

そう言って微笑むアルムの姿が、フィオーラの目には光り輝いて映っていた。

（笑顔が眩しい……。いえ、違うわ。本当にアルムの体が光っているような……？）

フィオーラは目をこらした。

するとアルムの輪郭と重なり光の蝶が、あふれんばかりのマナの輝きが見えてくる。

「アルム、そのたくさんのマナは……」

「これかい？　世界樹から受け継いだ力の一部が、君にも見えているんだろうね」

「なるほど……」

フィオーラが一度気づいてみれば、圧倒的なマナと存在感だった。

人の姿をしていても、アルムの本質は遥かに巨大な木であるとよくわかる瞬間だ。

（あ、でも……）

フィオーラは、背後の世界樹へと目を凝らした。

姿かたちは変わっていなかったが、よく見るとつい先ほどまでよりも一回り、存在そのものが小さくなっている気がした。

（代替わり……）

世界樹からアルムへと、とても大きな何かが継承されたのだと、フィオーラは理解できた。

「ねぇアルム、代替わりの儀式が成功したことで、世界樹様が朽ちて倒れてきたり――――」

「しないわよ‼　失礼ねっ‼」

甲高い声が響いた。

「モモ⁉」

両手を広げ滑空してきたモモが、ぽすんとアルムの頭の上へと着地した。

「……どいてくれ。僕の頭の上は、クッションでも枝でもないよ」

「いいじゃない、ちょっとくらい。……これでお別れなんだもの」

「えっ……？」

フィオーラはモモを見つめた。

ふざけた様子はなく、黒く円らな瞳が、じっとフィオーラを映している。

「そんな、冗談ですよね？」

「本当よ。だって私、先代の世界樹なんだもの」

「……はい？」

衝撃の告白の連続に、フィオーラは固まってしまった。

アルムも動きを止め、無言で驚いているようだ。

「私、千年生きてる世界樹なんだもの。ちょっと精霊のふりをして、息子を見守るくらい簡単よ」

「千年？　簡単？　それに息子って……!?」

混乱しながら、フィオーラは必死でモモの言葉をかみ砕いた。

（確かに、アルムを生み出したのは先代の世界樹なんだから、モモが先代世界樹だとしたら、アルムが息子でモモが母親になってもおかしくない……？）

アルムはどこか、モモをうっとうしがりつつも頭の上がらない部分があった。

二人が母親と息子なのだとしたら、それも自然な関係なのかもしれない。

フィオーラはそこまで考え、大切なことを聞いていないことを思いだした。

「モモ、待って。さっきあなた、ここでお別れだって言って……」

「お別れよ」

アルムの肩へと乗ったモモが、世界樹をじっと見つめた。

「元々、千年生きた私は寿命が近づいていたわ。代替わりの儀が終わって、渡すべきものや残った力もアルムに継承させたんだから、あとは消え去るだけよ」

「そんな……」

「あ、でも安心してちょうだい。さっきも言ったけど、世界樹の方はそんなに簡単に腐ったり、倒れてきたりしないわ。ざっと百年かそれくらいは、抜け殻になってもそびえ続けているはずよ」

「……でも、モモとはこうしてもう、話したり触れ合うことはできなくなるんですよね？」

それは寂しいことだ。

いつも喧しいモモだったけど、いなくなるのは悲しかった。

フィオーラが涙をこらえていると、モモの体がきらきらと光をまとっていた。

「そろそろ時間みたいね。まだ色々と、気になることはあるけれど……。こうして代替わりの儀を見届けて、この姿だけど、アルムの頭を撫でることもできたもの」

私はもう満足よ、というモモを、アルムがそっと撫でている。

フィオーラも手を伸ばし、淡く輝くモモの頭へと触れた。

「モモ……」

「これからも二人で、あとイズーも一緒に、頑張って生きていきなさい」

別れの言葉を残し、モモの体が一際強く輝いて――――

「……あら？」

――――光がおさまるとそこには、ちょこんとモモが座っていた。

「……え？」

「はい……？」

アルムとフィオーラの声が重なった。

「……私、消えてない？」

「……消えてませんね」

「消えていないよ」

フィオーラがモモを撫でると、もふもふとした感触が返ってくる。

よく馴染んだモモの撫で心地だった。

「……モモ、少しじっとしていてくれ」

モモの頭へ、アルムが手を伸ばした。

そのまましばらく何かを探るように、じっと目を細めていた。

「モモを形づくるマナが、二回りほど小さくなっている。体の方も、少し小さくなっていないかい？」

「あ、確かに……」

フィオーラも気を付けてモモを見てみた。

よく見ると、全体的に体が少し小さくなっている気がした。

「……君、もしかして、こうして精霊に化けて動きまわるのが久しぶりなんじゃないかい？」

「……数百年ぶりね」

「きっとそのせいだよ。マナの配分や本体の世界樹とのつなげ方とか、勘が鈍って間違えていたんじゃ？」

「うっ……！」

モモが頭を抱え込んだ。

心当たりがあるようだった。

「しくじったっ……!!　せっかく儚くかっこよく、別れの挨拶をしたのにっ……!!」

落ち込むモモへと、

「君、やっぱり馬鹿なんだな」

アルムが追い打ちを決めたのだった。

モモは一通り盛大に落ち込むと、けろりと気分を切り替えたようだ。

何も失敗なんてしていません、といった顔をして、フィオーラの肩の上に座っていた。

「……先代の世界樹であるモモに、聞きたいことがあるのだけど……」

「何よ？　答えられる範囲で、答えてあげてもいいわよ」

モモの言葉に甘え、フィオーラは質問することにした。

「モモはどうして初代聖女様を選んで、人間を助けてくれたんですか？」

「好きだったからよ」

モモがすっぱりとした答えを返してきた。

「好きだったから。気に入ったから。だから彼に、力を貸してやろうと思ったのよ」

「……初代聖女様のこと、とても愛していたんです……えっ？」

フィオーラははたと気づいた。

「『彼に』……？」

「そうよ。彼よ彼。あの人よ。私、前に言ったわよね？　ルシード殿下がちょっとだけ、あの人に似ているって」

「あ……」

思い出せばモモはあの時、『ちょっとだけ、あの人に似ているものね』と、思わせぶりなことを言っていた。

「……で、でもちょっと待ってください。だったら初代聖女様は一体、モモとどんな関係が……？」

「娘よ」

「娘っ!?」

フィオーラの叫び声に、モモが顔をしかめていた。

「うるさいわね。世界樹と人間の間で子供が作れるなんて広く知られたら、色々と面倒なことになるでしょう？　だからこそ教団が事実を歪めて、嘘で塗り替えた伝説を広めたんでしょうね」

「なるほど……」

フィオーラは納得してしまった。

しかし気になるのはそれだけではなかった。

「ならアルムにも、どこかに人間のお父様がいるんですか……？」

「いないわよ。二十二年前に、私がアルムを含む世界樹の種子を生み出したのは、私の力を継ぐ存在が必要だったからよ。私の力と情報と世界を巡るマナと、ほかにも色々混ぜて整えて、アルムたちを生み出したのよ」

「……二十二年前に生み出された、他の世界樹の種はどうなったんですか？」

「残らず枯れてしまったわ」

モモが顔をうつむけた。

「私の後継者には、人間を愛し愛される子がなってほしかったの。だから教団の人間に、愛情をもって世界樹の種を育ててくれって託したのだけど……」

人間って馬鹿よね、と。モモが呟いた。

「次代の世界樹の主になれるかもって、欲に目がくらんだんでしょうね。人間同士で種を奪い合って争って、ほとんどが種のまま争いに巻き込まれ潰されるか、強欲な人間の手に渡ってしまったのよ」

「……」

淡々と言うモモに、フィオーラは言葉をかけることができなかった。

子を失ったと語るモモの姿に、どんな慰めも同情も届くとは思えなかったのだ。

「……じゃあもしかして、私のお母様が種を持っていたのも……」

「あんたの母親の両親が、娘に与えたんでしょうね。王家の人間なら、世界樹の種に手が届く可能性、十分にあるでしょうし」

「そんな裏事情があったんですね……」

すべて、フィオーラの生まれる前にあった出来事だ。

たまたま母親が世界樹の種を手に入れて、身分を捨てた後も大切に持っていたからこそ、フィオーラはアルムと出会えたのだった。

（……お母様はどんなことを思って、あの種とアルムを、私に託したんだろう……）

フィオーラの知る母は、いつも明るい平民の女性だった。

笑顔の母が、何を思いどう生きていたのか。

知ることができないことに、フィオーラは寂しさを感じたのだった。

モモから話を聞き終えた後、フィオーラは忙しく動くことになった。

千年樹教団上層部と話し合いを重ね、諸々の後始末をしていったのだ。

義母のリムエラを牢に入れるなど、いくつもの作業をこなしていき、ようやく一段落ついたその日。フィオーラはリグルドの訪問を受けていた。

「父上が迷惑をかけ、本当に申し訳なかった」

頭を下げ謝罪するリグルドに、フィオーラの方が申し訳なくなってしまった。

リグルドはネイザスの代わりにじきに新国王として立つことになり、多忙だ。

千年樹教団との相談の結果、王家との関係を考え、ネイザスの罪は闇に葬られることになった。

今更、フィオーラが実は王家の血を引いていることが公になっても、厄介なことばかりだからだ。

ネイザスは表向き病に倒れたということで、リムエラともども、生涯幽閉が決定していた。

「リグルド殿下が謝る必要などありませんよ。リグルド殿下はネイザス陛下の目論見を知らなかったんでしょう？」

「……知らなかったが、何か怪しいとは気づいていたんだ」

リグルドはそう言うと、フィオーラの背後のアルムを見つめた。

「アルム殿の本名を聞いた時、少し引っかかっていたんだ」

「アルムトゥリウスという名前が？」

「そうだ。決して一般的な、呼びやすい名前ではないだろう？　あまり知られていないが、アルムトゥリウスという名前はわが王家の初代の本名なんだ」

だから少し、気になったんだ、と。

リグルドはそう続けた。

「それにフィオーラ殿はアルムトゥリウスという名前を、母上から聞いた物語の登場人物のものだと仰っていたが……。これも少し、おかしいとは思わないか？　子供に語って聞かせる物語の登場人物の名前なら、もっと呼びやすく親しみやすい名前が多いはずだ」

「あ……」

確かに、リグルドの指摘した通りだった。

フィオーラも小さい頃は、アルムトゥリウスと正しく発音するのに苦労した覚えがある。

「私のお母様がわざわざ、呼びにくい名前を選んで私に語り聞かせていたのは……」

「……自分の生まれた家、捨ててきた王家の名残を、フィオーラ殿に覚えていてほしかったのかもしれないな」

「お母様……」

フィオーラは胸を押さえ俯いた。

（お母様は確かにこの国で生まれ、生きていたのね……）

死んでしまった母親には、もう二度と会うことができないけれど。

生前の母親の痕跡を知ることで少しだけ、寂しさが慰められる気がした。

「リグルド殿下、教えてくださりありがとうございます。もうすぐ国王としての戴冠式が控えていてお忙しい中、こちらに教えにきてくれたんですよね」

「用件はそれだけではないからな」

「……私への求婚の件ですか？」

リグルドが頷いた。

「君さえ良ければ、具体的な婚約の話を進めたいんだが……」

「……申し訳ありません」

断りの言葉を放ったフィオーラへと、

「……そんな気はしていたよ」

リグルドが苦笑を浮かべた。

「君との婚約、私は歓迎していたよ。政治的にはもちろん、君自身のことも、好ましく思っていたんだが――」

「お断りだ」

リグルドから引き離すように、アルムがフィオーラの肩を抱いた。

「アルム……？」

「フィオーラは、ただ一人の僕の主なんだ。どんなに君が婚約を望もうと、答えはお断りだよ」

リグルドをまっすぐに見つめ、アルムが揺るぎなく答えた。

「……あぁ、わかっているよ。アルム様とフィオーラ様の間を、邪魔しようとは思わないからな」

リグルドは言うと、椅子を引き席を立った。

「私はこれでお暇させてもらおう。これからは末永く、国王と聖女として、仲良くやっていけることを願うよ」

マントを翻し、リグルドが帰っていった。

見送ったフィオーラは、そっとアルムを振り返った。

「アルム、さっき言っていたことは……」

「もちろん、僕の本心だよ」

アルムの指が、フィオーラの薄茶の髪をすくいとった。

愛おしむように髪を撫でる指が、髪を伝い頬へ触れていく。

「アルム……」

「こうしてずっとフィオーラに触れていたいと、誰にも渡したくないと、ずいぶん前から思っていたんだよ」

フィオーラの頬に触れる手は、どこまでも優しかった。

若葉の瞳に見つめられながら、フィオーラは唇を動かした。

「な、んで……？　アルムは私のこと、主として慕ってくれていたんじゃ……？」

「主としても、もちろん慕っているよ。……でも、それだけじゃないって、あの代替わりの儀の日に気が付いたんだ」

フィオーラを見るアルムの目が一瞬閉じられた。

「先代の世界樹の記憶に呑み込まれそうになって、音も光も、上も下も何もかもわからなくなった時……。僕の中に残っていたのが、フィオーラへの思いだったんだ。そしてそんな僕のことを、フィーラは呼び戻してくれたんだよ」

だからもう放さない、と。

祈るように、アルムが言葉を紡いだ。

フィオーラの心臓は高鳴り、今にも爆発しそうだった。

「フィオーラ、お願いだ。僕の手をこの先も、ずっと握っていてほしいんだ。君の隣でいつまでも、僕は光合成をしていたいんだ」

「コウゴウセイ……」

フィオーラは呟き、唇を小さく緩めた。

アルムらしい表現に、愛しさが溢れるようだった。

「その告白の言葉は、アルムが初めてかもしれませんね」

「……駄目かい？」

フィオーラの水色の瞳を、アルムが覗き込んだ。

真摯に見つめるアルムに、フィオーラは唇を開いた。

「私も、同じです。私もアルムと一緒に、これからも生きていきたいです」

この先ずっと、アルムの隣にいたい、と。

そう願いながらフィオーラは、アルムに強く抱きしめられたのだった。

終章　聖女と世界樹

「――フィオーラ、準備はできたかい？」

「はい！」

アルムの呼びかけに、フィオーラはドレスの裾を翻した。

今日のフィオーラは着飾っていた。

純白の絹に金の刺しゅう。袖は長く軽やかに舞っていて、スカートには贅沢に何重もの布が使われている。歩くたび金の腕輪がしゃらりと音を奏で、淡く透けるヴェールが揺れ動いた。

（今日は私と、そしてアルムのお披露目の日よ）

新たなる世界樹と、その主の聖女として。

晴れて認められ、表舞台に立つことになったのだ。

フィオーラの右手には、聖女の象徴である長い金の杖。

そして左手にアルムの手を重ね、バルコニーへと歩いて行く手はずだった。

（これから、きっと大変になるわ）

表舞台でのお披露目に先行して、アルムは世界樹としての力を行使していた。

各地の衛樹と精霊樹へとマナを送り、流れを整えていき。

黒の獣が多く現れる土地へは、精霊を生み出し派遣していた。

おかげで、黒の獣に関してはだいぶ事情が好転しているが、魔導具に関することや、教団内での立ち回りなど、やるべきこと、学ぶべきことが山積みだった。

前聖女となったセライナとも協力しつつ、フィオーラの聖女としての日々が始まるのだ。

(……不安はあるけれど、アルムと一緒ならきっと)

険しい道のりを歩いていけると、フィオーラはそう信じていた。

アルムの手に左手を重ねると、そっと握り込まれる。

「……僕はフィオーラの手を、二度と離したくないんだ」

「……私もです」

二人で言葉を、思いを重ね合わせた。

「人間の感情の動きについて、僕にはまだわからないことが多いけど……。フィオーラへの、この感情が特別なのはわかるんだ」

「アルム……」

言葉をなくし、アルムと視線を結んで。

どちらからともなく顔が近づき、唇が触れ合ったのだった。

番外編　聖女の元に集うもの

「代替わりの儀に、続きがある？」

　モモの言葉に、フィオーラは目を瞬かせた。

　リグルドの求婚を退け、アルムと互いの思いを確認した、数日後のことだ。

　今後の予定について話し合っていたところ、モモから予想外の言葉が飛び出してきた。

「代替わりの儀はあの日、アルムが世界樹に触れ力を継承して、終わったんじゃないんですか？」

「まだ、あれだけでは半分よ。今あなたも言ったでしょう？　あの日受け継いだのは、「力」だって」

「あ……もしかして……」

　フィオーラにも思い当たることがあった。

（アルムは今、人の姿をしているけれど……）

　世界樹というのはその名の通り、天高くそびえ立つ巨大な木の姿をしている。

「アルムにも、地に根を張り枝葉を伸ばす、木の姿が必要ということ？」

「そ、正解よ。力と木の姿。二つ揃って初めて、完璧な代替わりと言えるわ」

「完璧な代替わり……」

呟くフィオーラの顔に、不安の影がよぎった。

(アルムが木の姿になったら、話したり手を握ったりができなくなってしまうの……？)

どんな姿になろうとアルムはアルムだ。

そのことは確かだが、フィオーラとしてはどうしても寂しいものがあった。

「フィオーラ、心配しないでくれ」

フィオーラの手を、アルムの手が包み込んだ。

人より少し体温の低い、滑らかな指が気持ちよかった。

「モモを見ればいい。先代の世界樹であるモモだけど、木の姿とは別にこうしてモモンガの姿で、今も自由に動き回っているだろう？」

「確かにそうですね……」

フィオーラはモモをまじまじと見つけた。

モモンガそっくりのモモだが、その正体は千年を生きる先代の世界樹だった。

「僕も、先代世界樹の知識を受け継いだからわかるよ。代替わりの儀の続きを行い、木の姿を得ても、こうしてフィオーラと触れ合うことに、支障は出ないはずさ」

「……良かったです。これからもずっと、アルムと近くにいられるんですね」

安堵したフィオーラは、アルムの手を握り返し微笑んだ。

喜びと安心を噛みしめていると、アルムがふいと顔を逸らした。

「アルム？」

「……見ないでくれ」

横を向いたアルムの耳元は、ほんのりと赤くなっていた。

「今きっと、僕は相当情けない顔をしている。フィオーラがかわいすぎて、表情の制御がきかないんだ」

「っ……！」

アルムの顔の赤みが、フィオーラにもうつってしまったようだ。

頬を赤くし、ばくばくと鳴る心臓を抱えながら、それとも二人とも、手を離そうとはしなかった。

「あーはいはい。青春するのはいいけど、できたら私の前以外でしてくれるかしら？」

真っ赤になったフィオーラの頬を、モモが半目で突いていた。

「恋の話は好物だけど、さすがに目の前で堂々とノロけられると、あたしも反応に困るのよね～」

「す、すみませんでした……！」

フィオーラは平謝りをした。

アルムと思いが通じ合ったのが嬉しくて、つい夢中になってしまうことがあった。

「わかればそれでいいのよ。……えっと、話を戻すけど、何について話してたんだっけ？」

「代替わりの儀の続きについてです」

「そうだったわね。代替わりの儀の続きは、少し準備が必要で、時間がかかるのよ」

「どれくらいですか？」

「ざっと半年くらいね」

「そんなにですか……。それだと、私の聖女お披露目の日に、間に合いませんね」

一月ほど後に、フィオーラは新聖女としてお披露目となるはずだ。

アルムが世界樹の力を受け継ぎ改善してきたとはいえ、つい最近まで人間は、黒の獣に悩まされていた。傷つき不安を抱えた人々を安心させ、平和がきたと知らしめるためにも、早急なフィオーラの聖女お披露目は求められているのだ。

「考えようによっては、ちょうどいいんじゃないかな？」

アルムが口を開いた。

「一か月後のフィオーラの聖女お披露目、国外の人間は目にしたくても、間に合わないことが多いだろう？　とりあえず、人々を安心させるために聖女お披露目を行って、その後代替わりの儀の続きが終わる頃に、改めてもう一度、国外の人間も招待して、式典をやればいいんじゃないかな？」

「なるほど、確かにそれも良さそうね」

アルムの提案に、モモも頷いていた。

(国外の人間……。サイラスさんにエミリオ殿下、それにジャシル陛下も、お元気にされているかしら)

フィオーラの頭に、今は遠く離れた場所にいる人々の顔が思い浮かんだ。

半年後なら、黒の獣の被害はほぼ収まり、旅事情も改善されているはずだ。

懐かしい人々に、また会えたらいいなと思いつつ。

代替わりの儀の続きについて、フィオーラは詳細を聞いていったのだった。

フィオーラの聖女お披露目は無事成功し、それから数か月の月日が流れた。

聖女の仕事を忙しくこなしていると、時間が過ぎるのはあっという間だ。

十日後にもう、国外招待客向けの式典は迫ってきていた。

「きゅきゅっ？　きゅいっふ――――！」

イズーがくるくると、床の上を走り回っている。

嬉しそうなその姿に、フィオーラは目を細めた。

「ふふ、イズーったらご機嫌ね？」

「きゅふっ！」

こくこくと、イズーが頷いている。

上機嫌の理由は、間もなく懐かしい顔に会えるからだ。世界樹の眷属である精霊たちは、互いの位置や気配を、ある程度察知できるらしい。イズーには懐かしい精霊の気配が、近づいてきているのがわかるようだった。

フィオーラがイズーと共に外へ出てしばらくすると、蹄の音が響いてきた。

「フィオーラ！」

驚くべき速さで、白馬と騎手が駆け寄ってきた。

馬の姿をした精霊・ティグルだ。風を操り高速で駆け回るティグルに、小柄な影が乗っている。

「エミリオ殿下！　それにティグルもお久しぶりです！」

「あぁ、来てやったぞ」

「ひひんっ！」

一人と一匹が挨拶をあげた。

エミリオがティグルから下りると、イズーが足元で跳ねまわった。

「イズーは元気そうだな！」

「ききききゅっ！」

イズーと戯れるエミリオを、フィオーラはじっと見つめた。

「ん？　どうしたんだ？　そんな見て、何かあるのか？」

「エミリオ殿下、大きくなられましたね……」

エミリオの頭のてっぺんが、フィオーラの肩の高さにある。

一年ほど前わかれた時は、胸の半ばまでしかなかったはずだ。

「成長期なんですね。このままだとあと数年で、背丈を追い抜かされてしまいそうです」

「当たり前だ。僕はおまえよりずっと、大きくかっこよくなる予定だからな」

エミリオが胸を張り、ふんぞり返っていた。

微笑ましい姿にフィオーラが笑うと、新たな蹄の音が響いた。

「弟よ、はしゃぎすぎ、はやく行き過ぎだぞ」

「ルシード殿下、ようこそいらっしゃいました」

馬上で金の髪をかき上げ、エミリオの異母兄・ルシードがやってきた。

「ルシード殿下は、正式に王太子になられたのですよね。おめでとうございます」

「はは、フィオーラ殿も聖女になられたそうじゃないか。聖女の衣をまとい、より一層美しさに磨きが掛かっているね。よければ今夜にでも、共に星を見に――――」

「ちょっと兄上、いきなり何言ってるんだよ」

抜け駆けを咎めるように、エミリオが声をあげた。

「美しい人を美しいと呼ぶことの、何が問題だというのかい？」

目を細め笑うルシードに、フィオーラへの恋愛感情はないはずだ。弟をからかい、遊んでいるようだった。

（ティーディシア王族からは王太子のルシード殿下と、精霊に懐かれたエミリオ殿下がいらっしゃったのね）

兄弟のやり取りを見ていたフィオーラに、横から声がかけられた。

「よう、久しぶりだな」

「サイラスさんも、いらっしゃっていたんですね」

薄青の髪を持つ神官も、こちらへやってきたようだ。

懐かしい人々との再会にフィオーラが頬を緩めていると、新たな来訪者が現れた。

（あの馬車の紋章は……）

見覚えのある紋章付きの馬車から下りてきたのは、砂漠の国・サハルダの国王ジャシルだった。

「ジャシル陛下も、お久しぶりです。……その肩に乗っているのは……？」

「先日、うちの王宮の精霊樹から、生まれたばかりの精霊だよ」

ジャシルの肩には、鮮やかな緑の羽を持つ、オウムに似た姿の精霊がとまっていた。

飾り羽を動かしながら、リズムを取るように体を動かしている。

「こいつが一度、フィオーラ様に会いたくてたまらないそうだから、連れてきたんだ」

「そうでしたんですね」

精霊は羽ばたくと、フィオーラの肩の上にちょこんと飛び乗った。

きゅるると鳴きながら、間近でフィオーラの顔を、じっと眺めているようだ。

「ふふ、少し照れますね」

「可愛がってくれると嬉しいよ。……クリューエルと同じように、人懐っこいやつだからな」

「……はい」

クリューエルと、その名を呼んだ時、ジャシルの瞳に切なさがよぎった。

国を守り、長い間共にすごしたクリューエルのことを、ジャシルは今でも忘れられないようだ。

少ししんみりしながら、フィオーラはジャシルと笑ったのだった。

続々と各国の招待客が到着し、ついに式典当日がやってきた。
式典の会場は、先代の世界樹から東に半日ほど行ったところだ。今後は新しい世界樹が根を下ろすこの地を中心に、千年樹教団の建物が移築される予定だった。
「フィオーラ、準備はできたかい？」

「はい。行きましょう」

聖女の白と金の衣に身を包み、フィオーラは歩き出した。

前に伸ばした両手で、子供の胴体ほどもある銀色の物体をもっている。

式典会場へ進み出ると、招待客からどよめきが沸き上がった。

「あの方が、新しく聖女になられたフィオーラ様か」

「聖女の名に相応しい、光り輝くようなお美しい姿をしているな」

「フィオーラ様が持っているのは何だ？」

「先代世界樹様の、幹の一部らしいな」

人々の声を聞きながら、フィオーラは先代世界樹の幹を地面へ置いた。

木は時に、朽ちた幹より芽をだすことがある。

この先代世界樹の幹には数か月かけてアルムが自らの血をふりかけ、マナを整えていた。

今日、仕上げの樹歌を歌えば、新しい世界樹が芽生えるはずだ。

（新しい世界樹が、世界を守ってくれるように……！）

思いをこめ、フィオーラは樹歌を歌いあげた。

すると先代世界樹の幹がほのかに光りはじめ、どんどん光が強まっていった。

「わぁっ！」

あがった高い歓声は、エミリオのものだったかもしれない。

招待客たちの見守る中、光から若葉が芽を出し、天へと伸びていった。

高く高く、空高くへと。

銀の幹がそびえ緑の葉を茂らせ、たちまち見上げる程の、大きな木に生長していた。

「おぉ……！　あれが新しい世界樹様か……！」

「なんと神々しい……！」

天を仰ぎ梢を見上げ、称賛を向ける招待客たち。

彼らの声に重なるようにして、

「きゅいっふー！」

「ひひんっ‼」

「きゅるるんっ‼」

精霊たちもまた、新たな世界樹の誕生を祝福しているのだった。

「いきなり、あんなに大きく育つなんて驚きました」

代替わりの儀を終えた日の夜。

フィオーラは寝室で、モモへと話しかけていた。

「あっという間に大きくなって、見上げる首が痛いくらいの高さですね」

「あれくらいは当然じゃないかしら？」

毛づくろいをしながら、モモがフィオーラの感想に応えた。

「世界樹は、雲よりも高くなるのよ？　あれくらい一日で生長しなきゃ届かないわ」

「確かに……。あのままの勢いで、これからも伸び続けるんですか？」

「今日ほどの勢いはないけれど、ざっと二百年くらいは、急速に伸びていくと思うわ。人間でいう、成長期ってやつね」

「二百年間の成長期……」

人の一生よりも長い時間に、フィオーラは軽くめまいを覚えた。

「さすがに人間とは、規模が違いますね。アルムもそう思いませんか？」

フィオーラの声に、珍しくアルムは答えなかった。

(今日芽生えた世界樹とマナを繋ぎ、感覚を同調させている……だったわね)

人の姿のアルムと、今日新たに伸びあがった世界樹と。

同時に存在しているため、つい別扱いしてしまいがちだが、どちらもアルムであるらしい。

フィオーラには理解が及ばないが、それが世界樹であるアルムの当たり前のようだった。

「アルム、お休みなさい」

目をつぶるアルムへ声をかけ、フィオーラは布団を被った。明日も、各国の招待客をもてなす仕事が詰まっている、しっかり体を休めようと、フィオーラは眠りへ落ちていった。


———暗い、暗い空が。

視界いっぱいに広がっていた。

見下ろす地面ははるか遠く、地平まで続く大部分が黒の獣で埋めつくされている。

（これは一体……？）

ゆらゆらと揺れるフィオーラの意識が、見覚えのない空間を漂っている。

前後左右どこを見ても、荒涼とした大地と空が続くだけの、重苦しい光景だった。

（あれは……？）

暗色の世界に、動く人影がいた。

武器を持ち、何人もの集団を率いる男性がいる。

整った顔立ちで、瞳には知性の光がある。フィオーラは知らない男性だが、なんとなくルシードに似ている気がした。

（どうして……？）

フィオーラは心を震わせた。

どうして、なぜ。

あの男性を見ていると、胸が締め付けられるような気分になるのだろうか？

（そうか、これは……）

フィオーラの持った感情、経験した記憶ではないようで――――

「…………夢……」

寝台の上でぼんやりと、フィオーラは呟いていた。

横を見ると、アルムは座り目を閉じたままだ。フィオーラが寝付いてから、それほど時間は経っていないようだった。

「今の夢はいったい……」

「私の記憶よ」

フィオーラは顔を横へ向けた。

枕元に、モモがちょこんと座っている。

「代替わりの儀の影響か、記憶が混線してしまったみたいね」

「あれが、モモの記憶……」

「そうよ。私があの人を……初代聖女の父親を、見ていた時の記憶よ」

初代聖女の父親。即ち、モモの夫その人だった。

「……以前お聞きした通り、ルシード殿下に少し似ていましたね……」

「でしょでしょ？　嘘つきでいい加減で、その癖頭はいいから厄介で……とても愛していたわ」

ぽつりとモモが呟いた。

とうに世を去った相手を、今も思っている声色だ。

「……モモは千年前、あの方を愛したからこそ、人間に手を貸してくれたんですよね？」

「そうよ」

「じゃあ、もしも……。もしもあの方がいなかったら、人間はどうなっていたんでしょうか？」

「さぁ？　絶滅でもしてたんじゃないかしら？」

これといった感慨もなく、モモが言い放った。

「絶滅……」

「千年前の世界は、人間が生きるには厳しすぎたもの。放っておいたら遅かれ早かれ、死に絶えていたでしょうね」

「……モモが黒の獣を退治しなかったら、世界そのものが終わってしまったんじゃないですか？」

「そんなわけないじゃない。人間には厳しい環境でも、他の生物には素晴らしい環境なことが多いわ。人間がいなくなったら、その隙間に別の種が繁栄するだけよ。人間だってかつては同じように、地上で栄えていた別の種族と入れ替わるように栄えてきたって、代々の世界樹は見ていたわ」

「……………」

フィオーラは絶句してしまった。

小さなモモだが、その本質は遥かに人間を超えた存在であるのだった。

「ふふ、驚いちゃってもう。それとも幻滅してしまったかしら？　人間が救われたのが、私の恋心のおかげにすぎないと知って、がっかりしてしまったの？」

「そんなことはありませんが、少しびっくりしました」

「……そう。あんたは確かに、そう思ってくれるでしょうね」

「違う人もいるんですか？」

「……私たち世界樹は、大きな力を持っているわ。でもね、大きな力を持つ存在ならば崇高な意思の元に動くべき、なんて考えを持って期待するのは、それこそ傲慢だと思わないかしら？」

「それは……」

フィーオラではすべては理解しきれない感覚だ。

（でもきっとモモは、千年の間にそんな考えを持つ人間と関わって、疲れてしまったんでしょうね）

フィオーラは、モモの背中をそっと撫でてやった。

「……何よ？」

「ふふ、何でもありません。ただ何となく、撫でてみたくなったんです」

「物好きね」

言いつつもモモは、満更ではない様子だ。

うっとりと瞳を閉じると、すぴすぴと寝息を立て始めた。

眠るモモをクッションの上に運んでやると、アルムが体を震わせた。

「ん……フィオーラ、まだ起きてたのかい？」

「アルム、お帰りなさい」

フィオーラはアルムの横へと腰かけた。

「……アルムは世界樹だから、千年間生きるんですよね」

「突然どうしたんだい？」

「少し、気になったんです。……本当に、良かったのかなって」

アルムはフィオーラを主に選び、恋い慕ってくれるけれど。

歴然とした種族の差が、生きる時間の違いがあるのだと、モモとの会話で改めて思ったのだった。

「……私がアルムと同じように千年間、生きることはできないんですよね？」

「僕と一緒に過ごせば、怪我は治せるしマナの流れも淀まないはずだ。そうすれば百歳は超えられるはずだけど……二百歳には、届かないだろうね」

「そうですか……」

世界樹は巨大な力を持つが、決して万能ではなかった。

かつて、ジャシルの愛するクリューエルが光へ還(かえ)ってしまったように。

あるべき流れに逆らって、命を長らえさせることはできないのだった。

（二百歳だとしても、千年の半分の半分にも届かない……）

いつの日か必ず、フィオーラはアルムを置いていくことになるのだ。

その時のことを思うと、たまらなく悲しくなってしまう。

「フィオーラ、違うんだ」

フィオーラの手を、柔(やわ)らかくアルムが包み込んだ。

「たとえいつか、別れる日がやってくるのだとしても。それでも僕は、君といたいと願ったんだ」

「アルム……」

フィオーラはアルムの手をそっと握り返した。

「フィオーラの生きている時間、そのすべてを僕は欲(ほ)しいんだ」

「……もちろんです」

笑(え)みを浮かべると、フィオーラはアルムを抱(だ)きしめた。


――――種族が違い、生きる時間が異なるのだとしても。

それでもアルムの隣(となり)にいたい、と。

そうフィオーラは願ったのだった。

あとがき

お久しぶりの、作者の桜井悠です。

もしかしたら初めましての方もいらっしゃるかもしれませんが、こちらは「虐げられし令嬢は、世界樹の主になりました」の二巻になっております。

一巻を読んでくださった皆様、ありがとうございました！

おかげさまでこうして、続きを出すことができました。

一巻に引き続き雲屋ゆきお先生の素敵なイラストと、書き下ろし番外編も収録しています。

雲屋ゆきお先生には二巻でも、たくさんの新キャラをデザインしていただきました。砂漠の若き国王ジャシルの、エキゾッチックな色気と威厳の漂う姿など、どれもとても素敵なイラストで眼福です。イズーたち精霊たちのもふもふっぷりも魅力的に仕上げていただいているので、ぜひご覧ください。

書き下ろし番外編の方は、本編後の時間軸で書かせていただきました。以下、本編のネタバレとなりますが、番外編ではモモの過去や抱える思いに触れつつ、人ではないアルムとフィオーラの間に横たわる違いと、それでも心を通じさせる二人について書くことができ満足でした。本編前半に登場したエミリオらも再び登場させることもでき、とても楽しかったです。

そしてもう一つ、嬉しいお知らせがあります。

書籍化の機会をいただいた本作ですが、幸運なことにコミカライズしていただけることになりました。

漫画版を担当して下さるのは永倉早先生で、ビーズログ・コミックスなどで連載中となっています。

永倉早先生による優しい画風で、フィオーラの柔らかな雰囲気と、アルムの人外らしい魅力があますことなく表現されています。書籍版イラストには登場しないフィオーラの母ファナや、すべすべとした頬っぺたがかわいいちびっこフィオーラなども登場しますので、漫画版の方も楽しんでいただけたら嬉しいです。


雲屋ゆきお先生に永倉早先生、それに編集様に校正者様などたくさんの方々のおかげで、「虐げられし令嬢」を書籍や漫画といった形でお届けすることができました。

この幸運を噛みしめつつ、感謝の思いと共に。

またどこかでお会いできる日を、心よりお待ちしていますね。

本書は、ＷＥＢに掲載された「虐げられし令嬢は、世界樹の主になりました　～もふもふな精霊たちに気に入られたみたいです～」を改稿し、書き下ろしエピソードを加え、サブタイトルを変更のうえ書籍化したものです。

虐げられし令嬢は、世界樹の主になりました 2
～もふもふな精霊たちにかこまれて、私、聖女になります～

2021年1月5日　初版発行

著　者　桜井悠（さくらい ゆう）

発行者　青柳昌行

発　行　株式会社 KADOKAWA
〒102-8177　東京都千代田区富士見 2-13-3
電話 0570-002-301（ナビダイヤル）

編　集　ゲーム・企画書籍編集部

装　丁　寺田鷹樹

D T P　株式会社スタジオ205

印刷所　大日本印刷株式会社

製本所　大日本印刷株式会社

DRAGON NOVELS ロゴデザイン　久留一郎デザイン室+YAZIRI

●お問い合わせ
https://www.kadokawa.co.jp/（「お問い合わせ」へお進みください）
※内容によっては、お答えできない場合があります。
※サポートは日本国内のみとさせていただきます。
※ Japanese text only

定価（または価格）はカバーに表示してあります。

ISBN978-4-04-073934-2　C0093

勇者パーティーで回復役だった僕は、田舎村で治療院を開きます 1~2

I was a healer at the brave party and open a treatment clinic in a rural village

著:空 水城　イラスト:tef

「あんたはもういらなーい」と
勇者パーティーを追い出されたノンは、
呪文を唱えず傷を治す特殊スキル
「高速の癒し手」を活かし、
片田舎で治療院を始めることに。
村人を助け感謝されながら、
悠々自適のスローライフを満喫するぞ!
と意気込むも、謎の少女の登場で、
新生活は意外な展開へ……。
ノンのささやかな夢の行方は?
若き院長の田舎開業奮闘記!

好評発売中!

あれっ!?　田舎暮らしは、
思った以上に刺激的でした。

うん、僕はここで生きていく。

著：第616特別情報大隊
イラスト：水あさと

父は有力マフィア、
母は伝説の魔女――
天然娘クラリッサが、
学園も王子も完全掌握！

水あさと
巻頭口絵
マンガ収録！